声に出せずに叫んでる

He's screaming in silence.

朝霧 咲

KODANSHA

目次

装画 ｜ 与
装幀 ｜ bookwall

声に出せずに叫んでる

プロローグ

気づくべきだったのかもしれない。いや、気づけたはずだ。

今思えば、という負け惜しみはみっともないことこの上ない。俺は俺の鈍さを呪った。自分を非難し、自分に意識を向けることで、何とか平静を保とうとした。

背凭《せもた》れに身を預けて余裕を演じながら、溢《あふ》れていた違和感の数々を脳内で羅列する。

今日は遊びに行かないよなと何度も確認してきたこと。道中、異様に落ち着かない様子だったこと。何かを誤魔化すように、しきりに咳払《せきばら》いをしていたこと。わざわざ妹の宿泊研修中に外食に出掛けたこと。男二人のくせに、やたら身なりを気にしていたこと。小洒落《こじゃれ》たイタリアンのレストランに来たこと。

枚挙にいとまがないとはこのことか。ヒントはちりばめられていた。だから今、初めて会う父の交際相手に間抜け面をさらしているのは自分の落ち度であって、父にも、もちろん目の前の女性にも、責任はない。

「金村美和《かねむらみわ》さんだ。三年前に仕事で出会って、それからゆっくりと、時間を掛けて、お付き合いをしてきた。先週、結婚を申し出たところ、承諾してくれたんだ。もちろん、今日明日にでも籍を入れようという話じゃない。むしろ、おまえが高校を卒業するくらいまでは待つべきだと思っている。高校生活を家庭の事情が邪魔をすることがあれば、大人失格だからな。けれど、おまえにも少しずつ、美和さんのことを知っていってほしいんだ。本当に素敵な女性だということを分かってほしい。そうだな、例えば趣味は刺繡《ししゅう》で、週末に市民センターで裁縫教室を開いている。料理教室の講師としても呼ばれているらしいから、興味があったら。他にも──」

普段の父は口下手で、滅多に長くは喋《しゃべ》らない。そんな父にしては珍しい滑らかさと、慣れていない感じが滲《にじ》み出てしまっている棒読み。用意してきた台本を読み上げているようだった。そんな口調を繕うように、父はしきりに唇を湿らせ、拳を握っては開いてを繰り返している。緊張を誤魔化す仕草だ。

隣に座った金村さんの方が愛想がいいと感じたが、それでも父と大差ない。強張《こわば》った頰を強引に吊《つ》り上げて懸命に相槌《あいづち》を打ちながら、恐る恐る、俺の反応をうかがっている。不安や恐れといった感情がありありと伝わってきた。自分を下だと認識しているからこその態度は、どうしたって誰かの好感を誘うものだ。父が言葉に詰まるたび、励ますような視線を向けている。

その切実さを見ながら、いい人なんだろうな、と漠然と思った。

再婚か。いつか来ると思っていたなら、まだ心の準備ができたのに。

父はずっと、このまま生きていくのだと思っていた。

母が死んだのは七年前、俺が小学四年生のときだ。持病の悪化が主な原因だった。七年で再婚。一般的な考えを誰かに問いたかった。早いのか、十分な時間が過ぎているのか。よく分からない。だから、黙り込むしかない。

褪《あ》せた記憶に手を伸ばし、母を思い出す。母は、よく言えば明るく快活、はっきり言えば大雑把な人だった。見切り発車が多く、「まあなんとかなるでしょう」が口癖で、だらしなかったし、時に子供のようだった。だが一方、社交的で友達も多かった、らしい。それらの母の特徴は、何か具体的な自分の記憶と結びついているわけではなく、のちに父や祖父母、他の親戚から聞いた話を、いいようにまとめ、要約したものなのだろう。それは、昔読んだ絵本を具体的に思い出せなくても、概要だけならリアリティーをもって語れるのに似ている。幼稚園の運動会の親子かけっこで、普通、手を繋《つな》いでゴールするところを、俺より速く走り、自慢げに手を振っていた母は、幼い記憶が微《かす》かに残してくれたものか、それとも誰かから話を聞いて後から捏造《ねつぞう》されたものか、もうはっきりしない。

ずっと緊張し、口紅で鮮明に彩られた唇を噛《か》んでいる金村さんは、母と対照的に、繊細そうな人に見えた。緩いカーブを描いたまつ毛が震えている。ただ、時々微笑《ほほえ》むその表情は、春先の陽光のように柔らかくて淡かった。よくない、と自分に打ち付けていく。第一印象なんて当てにならないものだ。優しそうな人なんていくらでもいるし、優しいからといって受け入れるわけではない。

年齢、誕生日、その他のプロフィールが申し訳程度に明らかになっていく。俺の相槌が小さくなっていき、父の声も尻すぼみになっていく。親子二人で、情けない。

「千夏《ちなつ》には？」

低い声が出た。千夏は妹だ。小学四年生、生意気さの片鱗《へんりん》を見せ始める年頃。明日には宿泊研修から帰ってくる。

「まだだ。二人がそれぞれ、何を思うのか、何を言うのか、別々に聞きたかったんだ。まずは、兄であるおまえからだと思ってな。千夏には、タイミングを見て紹介するつもりでいる」

手汗で濡《ぬ》れた手のひらをズボンに擦《なす》りつけながら、目の前の氷水のグラス越しに、テーブルの緩やかな木目を見ていた。結露で濡れたグラスを摑《つか》めば簡単に手汗は誤魔化せるのに、意地を張って水に口は付けない。ふと映像が乱れるように、時々、視界が霞《かす》んだ。父も、金村さんも、この話が始まってから一度も正面から見られていない。

「念のため言わせてくれ。母さんのことは、忘れたわけじゃない。美和に交際を申し込んだとき、気にしなかったわけがない。でも、もう七年だ。喪に服しながら新しい未来を見ることはできるし、そのための時間は十分に過ぎたと思っている。彼女も、そのあたりのことはよく理解してくれているんだ。美和も十年前、夫と――」

息が切れるのではないかというくらい、何分も、父は話し続け、飲み続けていた。口の中を湿らす程度でも、着実にグラスの中身は減っていく。少ししか履かない靴の裏が段々と擦れていくように。父の動揺や不安を容易に読み取ってしまえることが後ろめたい。

「彼女は素敵な女性だ。知的で、器用で、気立てがいい。おまえも、千夏も、きっと上手《うま》くやっていける」

「もし何か不満があったりしたら、喜んでそれを改善するわ」

久々に、金村さんが口を挟んだ。

「さっきの通り、今すぐにって話じゃない。けど、どうだ？　今のおまえの率直な気持ちを教えてほしい」

意を決したように、父が顔を上げる。いつも気難しい顔でパソコンの画面を睨《にら》んでいる父の顔が不安に揺れていて、別人のように見えた。悲痛ささえ感じる。

俺は何も言えない。言わない。言いたくない。切実さの刃に切られないうちに、俺は目を伏せた。言葉が出ず、俯《うつむ》いて黙った俺を見かねて、金村さんが静かにカバンを漁《あさ》り、手に収まるくらいの箱を取り出した。暖色系の照明のもと、柔らかな微笑みを浮かべて、滑るような丁寧な手つきで俺の前に差し出す。

「せっかくだから、プレゼントを用意したの。気に入ってくれると嬉《うれ》しいな」

青と緑のカラフルなラッピングに、視線が寄せられた。それから思い出したように固まっていた首が動く。骨が軋《きし》む音がする。

パン、とそれを弾《はじ》き落とした。カラフルな見た目に反して、その箱は重かった。そのくせ、遠くに飛んでいった。隣のテーブルの客が、何事かとこちらを見る。

「陽介《ようすけ》……！」

「俺、認めないから」

立ち上がって、はっきり告げる。注文を聞きにきた大学生らしい店員とすれ違う。水にすら手を付けなかった自分に、「ありがとうございましたー」と声が掛かるのは辛《つら》い。店の外に出る。律されたベルの音を背に、「ごめん、母さん」と呟《つぶや》いた。

第一章

1

テストなんて大喜利だぜ。

三宅智樹《みやけともき》は言う。その通りだな、と答えるしかない。

惨憺《さんたん》たる結果が全教科ぶん揃《そろ》った解答用紙が、プライバシーの欠片《かけら》もなく机に放り出されている。当てる気のない、むしろ狙っていったとしか思えない、振り切った珍解答が散らばった解答用紙は、次から次へとクラスメイトの手に渡る。意味が分からなかった英単語の問題はそのままローマ字読みしたり、文化史の絵画の名前を答える問題で、見たまま感じたままあるがままのタイトルを勝手に付けたり、好き勝手やっている。智樹は輪の中心で開き直り、クラスメイトからのツッコミを満足げに浴びていた。

「麗子微笑《れいこびしょう》を老けたおかっぱって言うな」

「そうだそうだ、おかっぱに失礼だろ」

「ザビエルくらい書けよ。分かるだろ」

「問題用紙の絵に落書きしてたらド忘れしたんだ。見ろよこのヒゲ。剃《そ》り残し感がリアルだろ？」

「数学の解答用紙に美味《おい》しいカレーの作り方書いてる。何してるん？」

「先生が授業中、『分からんかったら美味しいカレーレシピ書け。そしたら五点やる』って言ってたろ。おまえ、話聞いてなかったのかよ」

「まじか、まじでやる奴《やつ》おると思わんかった。点もらえるわけないやん」

「しかもカレーの作り方、間違ってるし。これじゃただのカレー風味の炒《いた》め物だろ」

「あ、だから0点なのか！」

「ちげーよ、問題解けよ！」

元気、バカ、声がでかい、お調子者、ツンツン頭、そこそこの高身長。他、典型的なネタ枠の要素が備わっている智樹。その智樹を中心に頻繁に形成される、人口密度の高い島。誰かの手から放り出された日本史の解答を手に取り、斜め読みする。ありきたりなボケがまず目に留まった。金閣寺を建てたのは『大工』とわざわざ答えるネタなんて、もう使い古されているだろう。回収に困るから、一人でスベらないでほしい。

「全教科追試だ。おめでとー」

「行ってたまるか。追試なんて公権力の乱用だろ」

「神原《かんばら》先生、『ふざけるな。』だとよ。ビックリマークじゃなくて、句点なのが怖いな」

教師の採点も半ばやけくそだ。それでも、厳しい先生の教科だけは大喜利に走っていないあたり小賢《こざか》しい。代わりに空欄が多い。もはや目立つのは空欄ではなく解答箇所だ。これぞ余白の美である。

人の多い昼休みは騒がしい。特に、智樹の周りにいると。七、八人の男子がいっぺんに好き勝手なことを言い、思ったことを適当にテンションのままに返す。互いに何を言っているのか分からなくなり、嚙み合っていない会話が強引に成立していく。

「おまえ、今年も追認考査、受けることになるぞ」

「あれ、去年何教科引っ掛かってたの」

「三つ。数Aとコミュ英と古文」

「最悪やん」

「強すぎた」

智樹は去年、定期考査の点数が足りず、見事、追認考査に引っ掛かった。気楽に受けられ、ボケにさえ走れる普段の考査とは訳が違う。ガチの留年がかかったテストだ。学年で、多くても二、三人しか受けるような事態にはならない。

あのときの智樹は悲惨だった。絶望という名の一つの芸術作品のようだった。焦り、投げ遣《や》りになり、我に返り、頭を振り回しながら叫ぶ。散々苦しんだはずだが、「オレはこの一年のサボりを後悔しない」と堂々と言った姿は天晴《あっぱれ》だった。今まで滑稽だと笑っていたクラス中に拍手の渦が巻き起こった。このまま低空飛行の成績を維持すれば、今年も追認考査を受ける羽目になるだろう。狙っているのかもしれない。去年はなかなかクラスメイトにウケていたから、味を占めて捨て身のボケに走っていたとしてもおかしくない。

予鈴が鳴り、まだ盛り上がっている一同を置いて、廊下のロッカーに教科書を取りに行く。月曜五限は倫理だ。教科書と資料集とノートを置き勉の山から引きずり出す。席に着くまでの道中で、智樹の頭が目の前にあったため、教科書の角で頭を叩《たた》いてやる。

「何すんだ」

「そこに的があったから、つい」

「バカになったらどうする」

「もともとバカだろうが」

席に着く。隣の席の女子、馬淵《まぶち》が愉快そうに聞いてきた。

「面白いのあった？」

持っていたシャーペンで、「三宅のテスト」と智樹を指しながら、組んでいた足を上下逆にする。

「傑作だった。素晴らしいと思った」

「白々しいな」

「ほんとほんと」

「じゃ私も後で見せてもらお」

全く興味がなさそうな口調だ。

「羽山《はやま》は今回どんくらい？」

「富士山《ふじさん》の高さを十で割ったくらい」

「待ってこいつもバカだった」

鼻で笑ってくる馬淵も同レベだ。俺はおまえの点数を知っているぞと言ってやりたかったが、たまたま見えてしまったものを盗み見と誤解されたくなくてやめておいた。意味もなくスマホの電源を入れながら言う。

「テストが悪いんだよ。無駄に難易度が高い」

「そりゃ自称進学校ですから」

「先生だけがガチなんだよ。くそむかつく」

自称進学校の我が校は、テストは難しく、補習が頻繁にあり、課題は多く、ほとんどの生徒の意識は限りなく低い。二年の五月に受験の話をされて、いったいどうしろというのだろう。高校生活二年目、部活や学校行事で中心を担いつつ、放課後の余暇を堪能《たんのう》し、将来の不安もほど遠い最高の時期だ。これがモラトリアムというのなら、存分に味わわなくてどうする。

「テスト直し課題めんどくせー」

机の中の大量のプリントを思い、嘆いた。どうせ模範解答を写すだけで終わるものだとしても、面倒なものは面倒だ。馬淵も溜息《ためいき》をついて天を仰いだ。

「だっるいわー。学校爆破するか」

「ぜひ一人でやってくれ」

「おーけー承知した」

もちろん、実際にはやらないと分かっていても、言動がやや怪しい馬淵が言うと若干の危うさを感じる。

「おい陽介」

後ろから智樹に話しかけられ、振り向いた。ガムテで作った即席名札に、『オレバカ』と書かれている。筆跡からして、自分で書いたものに違いない。呆《あき》れた。「何」

「ハサミ貸して。前髪切りたくなってきた。この二本、自己主張強すぎて邪魔なんだ」

よくあることだ。ツッコんでいたらキリがない。いやむしろ、ツッコまないことがツッコミと思っている。俺は智樹のためだけに持ってきているハサミを筆箱からだし、キャップを外して、放って渡した。

「おまえ危ねえな」

智樹がぶつくさ文句を垂れながら、目に掛かっていた髪を雑に切り落とす。二、三本どころではなく、七、八本は切られたように見えたが、細かいことは気にしていない。「サンキューな」と智樹もまた投げて返してきたので、器用に持ち手の部分をキャッチしてやった。それだけで、勝った、という気がする。ハサミをポケットにしまった。

「さっすが親友！」

よっ、と高らかに声を上げて、智樹は軽い足取りで自分の席に帰っていった。一部始終を見ていた馬淵の唇が、揶揄《やゆ》するように弧に歪《ゆが》められる。

「親友だってよ」

肩を竦《すく》めてみせた。

「屈辱的だ」

確かに、小学生の頃からの仲ではある。付き合いが最も長い友達ではある。だが、バカでお調子者の親友なんてまっぴらごめんだ。しかし、智樹は先ほどのように堂々とそう口にするから、周りにそう認知され、一括《ひとくく》りにされてしまっている。甚だ遺憾である、とどこかの政治家が言いそうなことを思った。いやいっそ、政治家のように公の場で宣言したいとも思う。

「照れなくてもいいのに」

からかってくる馬淵を全力で無視した。


眠い。

昨日金村さんに会ったとき、そのまま外で夕飯を食べ損ねたせいで、カップ麺を夕飯にせざるを得なかった。家に帰り、湯を沸かしている時点で時間はだいぶ遅くなってしまっていたが、どうせ寝付けないだろうと自己弁護して、夜中までスマホゲームをしていたからだ。

授業中の睡魔への抵抗は、真夏の氷より儚《はかな》く消えていく。瞼《まぶた》が落ちる。視界が狭まってい き、先生の声だけが聞こえてくる。自分が死ぬ間際、聴覚だけ残ったとき、こんなふうに穏や かに死んでいけたらと思う。その思考にも靄《もや》がかかっていく。

倫理の授業は担任の坂下《さかした》先生の受け持ちだ。五十代後半。いい先生。頼み事は基本断らない し、生徒より清掃に精を出す。家で大学生の子供とバドミントンをしてギックリ腰になったこ とがあるらしいから、家族仲は良好なのだろう。

俺は本当に小さい頃しか親と公園で遊んだことはないし、一緒にゲームをしたこともない。 年齢を経るにつれて同い年くらいの友達が増える中で、無口で何を考えているか分からない父 とわざわざ遊ぼうという発想にならなかった。仲が悪かったわけではないはずだから、単純に その文化がなかっただけだろう。坂下先生の家族をリアルに想像するのは難しく、少し苦し い。それは、十分に遊んでもらうことなく病に倒れ、亡くなった母を思い出し、自然に比較し てしまうからでもあるだろう。その時間がさらに短かった千夏を気の毒に思うことも、少なく はない。

「はい起きて。皆五限で辛いよね。うんうん分かるよ。でももうちょっと頑張ろうか。私も一 生懸命面白い授業をするからね。皆さんのためを思って、寝る間も惜しんで準備してきてるん です。それがやりがいということもあって、そうです、皆さんの喜ぶ顔を見たいんです、成長を一緒に分かち合いたいんです。そういう思いが積み重なって教員になったわけですから」

落ちてくる瞼を擦りながら、机の下でスマホを起動させ、ゲームを開いて午後のログインボーナスをゲットする。小さな音楽が流れてしまい焦ったが、ちょうど窓の外でパトカーの音が近づいており、かき消してくれた。音量を下げてから、ついでにガチャも回す。課金していないからだろうか、ゲームを始めたときに比べて、明らかに引きが悪くなる一方だ。

ブルーライト効果で、少し目が覚めた。その間にパトカーのサイレンがいっそう迫る。教室に直線的な高音が充満した。馬淵が頰杖《ほおづえ》をついて、「迎えに来たよ」とつまらなそうに言ってくる。相変わらず行儀が悪い。「おまえをな」と返してやる。馬淵はいつもだるそうにしているが、女バスのエースだ。かなり上手いらしい。本人曰《いわ》く、「バスケだけは最低限まじめにやってる。最低限」とのことで、毎日、「シューズと練習着が重い。重力失《う》せろ」と文句を言っている。

ゲームを閉じ、スマホをオフにしたとて、やることがない。特に意識することもなく電源を再び入れている。恐ろしや、依存症。

「倫理はね、私、いつも言っていますが、人の歩いた道を知ることができる最高の教科だと思ってるんです。どんなに平凡な人生を生きた人でも、その軌跡には侮れないものがある。けれどね、もちろん世界中の全ての人を片端からあげていたら授業内で紹介しきれない。これが本当に残念なこと。私は本当に残念だと思ってるんです。だからこそ、教科書内で厳選された思想、思想家について、私は教師として誇りをもって、伝えることに使命を感じて、今、ここに立ってるんです」

聞くつもりがないのに耳に入ってくる声は、耳鳴りに似ている。プリントの穴埋めだけをせっせとこなしながら、ふと右を見ると、智樹が視界に入ってきた。背筋をピンと伸ばす、目をランランと輝かせ、優等生かの如《ごと》く積極的に授業を受けている――ふりをして、耳にはイヤフォンが埋まっている。音楽を聴いているのだ。首からカッターシャツの中にコードを通し、机の中に隠したスマホに繋げ、怯《おび》える気配もなく余裕綽々《よゆうしゃくしゃく》と操作している。常習犯だった。夏前にすでに日焼けした浅黒い首に、細いイヤフォンの影が落ちている。

ワイヤレスにはしないと智樹は固く決めているらしい。そっちの方がスリルあるだろ、オレは楽しく音楽を聴きたいんだ。ワイヤレスなんてビビりの肝っ玉ちっせえ奴が使うんだよ。

智樹がイヤフォンをしているなんていつものことだ。普段通りの姿だ。なのに、上機嫌が背中から伝わってくる智樹から視線を外す前の一瞬、耳から垂れる筋を見て、なぜだか今日は全身がぞくっと粟立《あわだ》った。

「皆が皆、自分の受けた苦しみや悲しみを他の人には味わわせたくない、っていう当たり前の心を持っていたら、復讐《ふくしゅう》も戦争も、絶対に起こらないはずなんですけどね……。思いやりを持って生きていたいですよ、人として。人間力っていうんですかね。誰か、大切な人、よく知らない他人、誰かのことを思い浮かべて行動する。そうしたら、世の中にある問題の大抵は解決しますよ。戦争だって、環境問題だって、政治問題だってもちろん。あ、私は当然、そうやって毎日を過ごしていますよ。自分の失敗をあなたたちにも味わってほしくなくて、いつもこうやって弱みをさらけ出したりするんです……」

「絶好調だね、今日も」

馬淵が俺の袖をシャーペンで突く。俺は堪えられず欠伸《あくび》した。隣で馬淵も釣られて欠伸する。「欠伸のデュエットだね」「今にオーケストラが始められる」「最高」

担任の坂下先生。概《おおむ》ねいい先生。やたら話が長く面倒で、ありきたりな思想を得意げに前面に出し、自分について語りたがるのを除けば。この授業は数々の偉人が残した考えを学ぶ時間ではなく、坂下先生の価値観を知る授業と言った方がいい。隙あらば自語り。ネットなら批判や嘲笑を集め、軽侮の対象となるタイプだ。

「黄金律って、素敵だと思いません？　他人から自分にしてもらいたいと思うような行為を人に対してせよ、ですって。この考え方、私も皆さんと同じ高校生のときに出会って、それから信条にしたんですよね。それから何か迷うことがあるたび、自分の胸に問いかけてきました。例えばそうですね、あれは教員一年目のとき。二つ上の先輩のクラスで、学級崩壊が起こってしまったんですよ——」

脱線が多すぎて、いつもテスト範囲が終わらない。すると、「あなたたちだけ習っていないことがあるなんて不平等、私が許しません。平等に、皆がいい点数を取れるように私も頑張っているんです」と、放課後を使って授業を強行してくる。ただの迷惑以外、何物でもない。口癖は、「私は一分一秒無駄にしない人間なんで」だ。まだ五月なのに、今年だけで十回は聞いた。

「自己愛強いなあ」

馬淵の独り言を聞き流す。その間に、待ち望んだチャイムが鳴った。その三分ほど後に坂下先生が授業を終えた。

「はい、皆さん。今日も私の話を一生懸命聞いてくれてありがとう。皆さんのおかげで、私は毎日頑張れるんで——」

「起立」

永遠に続きそうな先生の演説に被《かぶ》せてクラス委員長が号令をかける。先生は一瞬、素で真顔になり、その後、「号令、ありがとう!」と笑顔を見せる。

起立礼。不思議だ。授業中はあんなにも眠かったのに、終わった途端に目が覚める。寝起きのいい朝のような心地よさだ。

七限まで授業を受ける。地獄を乗り切ってから、長いHRを終え、ようやく解放となる。うんと伸びをした。

今日は部活がオフだから、そそくさと帰り支度をする。「ふえーい、帰りラーメン寄ってこうぜ」と智樹が頭を小突いてくるのを避け、教科書をしまいに廊下のロッカーへと向かう。

智樹もやたら上手いカーナビの物真似《ものまね》を披露しながらついてきた。恥ずかしいからやめてくれ。

「「あ」」

二人同時に、声が漏れる。俺は咄嗟《とっさ》に目を逸《そ》らしたが、智樹は振り返り、大声で囃《はや》し立てた。

「おーい黒滝《くろたき》ー、彼女迎えに来てんぞー」

それから俺の耳に顔を近づけ、愉快そうに囁《ささや》く。

「いかにも愛人っぽい名前の、八番目の彼女が」

声を潜めるだけ、智樹の中では気を遣っている方だ。とはいえ黒滝の手の早さは、隠しきれるものではないが。

廊下にいる女子の顔は、なんとなく見覚えがあるが名前は知らない。隣のクラスの女子とかだろう。器用に髪を巻いて、バレない程度に薄《う》っすら化粧をしている。

「八番目の彼女、名前何だっけ」

「覚えてない。愛人っぽい名前だなーと思ったことだけは覚えてる」

「最低か」

「なんか若干昭和っぽい名前だった気がする」

「黙れ黙れ」

けれどなんとなく、昔風の名前が愛人ネームなのは分かる気がした。キラキラネームの女とは浮気するべきで、不倫してはならない。

黒滝は飽きもせず、懲りることもなく、すぐ女をとっかえひっかえし、情事を撒《ま》き散らす。去年、カレンダーが捲《めく》れるたびにクラスの女子の仲が険悪になっていったと風の便りで聞いた。今だって、二番目、五番目と噂《うわさ》の女が、栄えある八番目を睨んでいる。黒滝本人は、「俺は全員ちゃんと好きだったんだけどな」と言っていたことがあるが、何も信用ならない上、タチの悪さは変わらない。それを伝えると、「まあ言っても俺にしか分かんないかー」と切なそうに返された。モテる奴の嫌味だ。ムカついた。黒滝は彼女と一緒に下校したり、廊下で長時間お喋りしていたりと何かとオープンだから、本来プライベートであるはずの色恋に関する情報がこれほど知れわたってしまう。

ただ、女たらしクソ野郎になるにも、それなりに条件が必要だということも黒滝を見ていて分かる。黒滝はモデル顔ではないが、ビジュアルがいい。雰囲気イケメンだ。黒マスクが似合うタイプ。サングラスはどうだろう。ギリセーフか。先入観を抜きにすれば、大抵どんなこともスマートにやってのける。多くの元カノとの噂があったとしても付き合いたいと思う女子が絶えないということは、それなりの魅力を備えているということだ。

「今回の彼女、何ヵ月続くだろ」

「何週間、の間違いだな。オレ、ちょっとトイレ行ってくる」

身支度を完了して教室を出る頃には、室内には俺と智樹しかいなくなっていた。これほど遅くなってしまったのは、智樹の長いクソが原因だ。二人で昇降口に向かう。智樹も俺と同じサッカー部だから、今日は部活はない。クラスが同じ。部活も同じ。同じスケジュールで動いているので、長い時間一緒に行動することになる。すると智樹が適当に、親友、などと言う。周りが誤解する。悪循環だ。

「ラーメン、どこ行く？」

「どこでも」

「おっけ、じゃオレが店決めるからおまえの奢《おご》りな」

何でだよ。

駐輪場で自転車のカギを探していてふと気づく。

「俺、弁当箱忘れてた」

智樹を待たせて、速足で取りに戻った。ポケットの中で、バイブにしてあったスマホが震える。

『このライン見てたら、帰り道でヨーグルト買ってきて。お金後で払う』

父からだった。いつもの癖で何も考えず『了解』と打ち込み、送ろうと紙飛行機のマークに指をかけた瞬間、昨日のレストランでの出来事を思い出し、画面の上でフリーズした。

昨日父が帰ったのは俺が帰ってきてすぐで、顔を合わせても、カップ麺のごみを見ても、何も言わなかった。物静かで無表情、何を考えているのか分からない。顔を赤らめて必死に話していた父が嘘《うそ》のようで、普段と違う父の姿を見てしまった後ろめたさと、途中で席を立つという幼稚な振る舞いに対する恥ずかしさから、逃げるように自分の部屋に戻った。朝になり、父はいつもと同じように気難しい顔をしてニュースチャンネルをいじり、新聞を斜め読みし、慌ただしく仕事に出ていった。もともと口数の少ない人だ。意図して何事もなかったように振舞っているのか、何も考えていないのか、怒っているのかさえも分からなかった。

今日、宿泊研修に行っていた千夏が家に帰ってくる。千夏にはどのタイミングで、何を話すのだろう。気になって仕方ない。

『このライン見てたら、帰り道でヨーグルト買ってきて。お金後で払う』

文面をもう一度確認する。ヨーグルト。

「家にヨーグルトがないのは、水道が通っていないのと同じよ。大事件」

亡き母の口癖だった。それは今、習慣となって我が家に残り、神経質なくらいヨーグルトを切らすのを嫌う。いや、それは思い出の踏襲なのかもしれない。愛された母が家に遺《のこ》していったもの。失いたくないもの。形のない形見。父が再婚するなら、それを排さないと金村さんが辛いだけだ。ただそんなことを俺たちは許せるのかという話で。そしてきっと、そんな風に母を感じられるものを手放していかなければならないのは、ヨーグルトだけじゃない。金村さんが来たら、そんなことの連続になってしまうはずで。

妻の死と共に、残業の少ない部署に移った、きまじめな父を思う。昇進の目はそのときになくなったと、後から偶然知った。これから、これまでの何が変わってしまうだろう。あの夏の残滓《ざんし》が、硬い机の感触が、ブルーノの歌とそれへの歓声が、耳にきつくはめたイヤフォンが、聞こえたかもしれない物音が、どうしたって去来する。息が荒くなる。指先から凍えていく。視界が霞む。

父には何と返そう。散々逡巡《しゅんじゅん》した挙句、了解、と淡白なラインを送り、再び教室へと歩き出した。中に入ると、西日がゆったりと舞う埃を照らし出し、騒がしい日常の余韻を幻想的に仕立てている。智樹の机の上に、忘れ物があることに気づいた。近寄って、立ち止まる。ポケット越しに、先ほど智樹に貸したハサミの感触が、鈍く肌に響いた。

「あいつ、イヤフォン忘れてら」

2

翌日の放課後、俺と智樹、黒滝の男子三人と、馬淵、笹井《ささい》の女子二人は教室に残っていた。

俺と智樹は今日こそ部活があるが、グラウンドが狭く十分なスペースが確保できないため、他部活と交代でしか活動できない。今日は前半、野球部がグラウンドを使い、後半で俺たちサッカー部に権利が譲られる。それまでの待ち時間、教室で時間を潰すことにしていた。女バスの馬淵、笹井も似たような事情で部活まで時間が空いており、黒滝は彼女待ちだ。通常、早く帰れる前半部活が喜ばれ、後半は空き時間が生まれるため歓迎されない。この時間を優等生は自習に使うこともあるらしいが、無論、俺たちはそんな向上心を持ち合わせていない。

「早く帰りてえ。まじで前半羨ましい」

「もう野球部が使ってるグラウンドに乱入してやろうか。ボールぶつけたる」

手持無沙汰な高校生五人がする暇つぶしが、くだらなくないわけがない。机を勝手に六つくっつけ、大きな台を作る。それぞれの辞書やら厚めの教科書やらを真ん中に立てて境界線を作れば、簡易卓球台の出来上がりだ。ピンポン玉は卓球部からくすねたが、ラケットは人数分ない。だからそれぞれ、学校用のスリッパだったり、筆箱だったり、スマホケースだったりを、ラケットとして代用する。いつか智樹が調理部からフライパンを借りてきて、それで卓球をしたことがあったが、見事に腕の筋を痛めた。安定のバカ。

しっかり者で働き者の笹井が、テキパキ準備を進めていく。清掃や調理実習のときに、一班に一人はいてほしいタイプの女子だ。

「今日隣でハンド部がミーティングしてるらしいぜ」

「っしゃ騒ぐぞ」

「うぃー」

周りの机を端に寄せ、多少暴れても怪我《けが》しないだけのスペースを作る。机や椅子の足が床を引っ掻《か》く音は、この時点でずいぶん迷惑なくらいにうるさい。

全開にした窓から、風に乗って野球部の掛け声が教室に入り込んでくる。うちの学校の野球部は、模範的野球部だ。準備が早く、他部活より一足先に練習を始める。声が野太い。グラウンドから離れているこの教室にまで声が届くなんて、顧問が怒鳴っているのを無視して淡々とプレーすることに楽しみを見出《みいだ》しているサッカー部からしてみれば考えられない話だ。バットで球を打つ、あの金属音は、快晴の青空を直接鳴らしているようで、とても清々《すがすが》しい。ホイッスルのたび、「ファール、ファール！」と手を挙げて猛主張するサッカー部とは、これもまたえらい違いだ。

「馬淵、今日のラケット何にした？」

「今考え中。教卓とか漁ったら何かめぼしい物が出てこないかと期待してる」

「陽介は？」

「俺、ちり取りとかいけんじゃねと思って」

「うわ、よさそうなの取られたわ」

「確かに名案かも」

カー、とタイヤが廊下を滑る音が、騒音の隙間からわずかに聞こえ、西井《にしい》さんが教室後方の扉から姿を現した。西井さんは身体《からだ》、特に心臓が弱いらしく、体調が悪い日は今日みたく車椅子に乗っていたり、保健室で一日を過ごしたりする。車椅子に乗っている日といない日があるため、慣れるまではふと現れたときの目線の違いに戸惑った。激しい運動はあまりしないようセーブしているらしく、大きな声を出したところも見たことがない。

球技大会ではバレーボールを選択していた。「バレーってハードだろ。できるの?」と以前聞いたところ、「女子のバレーがまともに運動になるくらい成り立ってると思う?」と横から馬渕が盛大にディスったことがあった。コート内でプレーはできないが、サーブを打つくらいはできるらしく、ピンチサーバー的な役割でずっとサーブをし続けていた。安静にしているのも念のためらしい。

「やっほ、西井ちゃん。体調はどう」

「うん、平気。三宅君ありがとう」

「今日もオレのスーパープレー、見てってな!」

「今日も、じゃないだろ」

俺のツッコミに、西井さんが控えめに笑う。普段、自己主張の少ない、半歩引いているような西井さんが笑ったことで、ありきたりで騒がしい教室の一場面に、温かさがもたらされる。

西井さんは、俺たちが卓球をする放課後、よく教室に残っている。参戦はしないし、傍《はた》で声援を送られるほど、親しいわけではない。携帯を片手に時々顔を上げて微笑んで、球の行方を目で追っている。俺たちは一緒にやろうと声を掛けたことはない。誘うこと自体がいけないのだと、バカな智樹も、面倒見のいい笹井も、他人に無頓着な馬渕も、当たり前に知っている。

笹井が黒板にリーグ表の骨組みを書き、ランダムで五人分の名前を入れていく。それを見ていた智樹が、「五人かけ五人で二十五試合かー。なんか多いな今日」と腕を組んで首を傾《かし》げる。笹井が無言で同じ人同士の対戦の枠に斜線を引いていき、十試合にきちんと絞られた。智樹は無表情で突っ立ったままでいる。その目に恥の感情はないし、弁解も一切しないのが素晴らしい。

前回の上位二名は、同じラケット（？）を用いてはならない。他はだいたい何でもあり。但し苦情が来るため、雄叫び禁止。

そんないくつかのルールのもと、試合が進んでいく。どうしたって緩やかなラリーと、軽快に跳ねるピンポン玉の音の間抜けさが、窓の外から聞こえてくる野球部の掛け声にあまりにミスマッチで、今日も今日とて和やかだった。前回優勝者の智樹は面積の小さなスマホケースを片手に、電子辞書を独特に駆使する笹井相手に苦戦を強いられている。目も覚めるようなスマッシュが放たれ、おお、と歓声が起こった。

白熱した試合に決着がつかないまま、黒滝は「彼女の部活が終わったらしいから帰るー」と途中離脱してしまった。これで黒滝は最下位。黒板のリーグ表に○と×を書き込んで、ついでに黒滝の名前にも×をうってやった。呪ってやろうかこの女たらし。そばで見ていた馬淵が、「恨みがまし」と笑う。

試合は盛り上がっていて、西井さんは遠くでぼんやりしている。そのことを確認して、気に留めないふりをして、俺は馬淵に言った。

「おまえ、入試でカンニングしたって、マジ？」

そういう噂が流れてきたのだ。

馬淵は俺に向き直り、わざとらしく目を輝かせた。

「羽山は思わなかった？　この学校のカンニング防止態勢、笊《ざる》だなって。隣との距離が近すぎてびっくりしたんだけど。こんなん余裕じゃんとか思ったね」

てっきり否定されると思っていたから、まじかよ、という声が思わず漏れそうになった。実際俺は、馬淵がカンニングしたとは全く疑っていなかった。馬淵は悪ぶるのが癖だが、悪い奴ではない。そもそもカンニングなんてしてバレていたら入学できていないし、バレなかったのなら自ら言わなければ誰も分からない。だから、いつも通り、馬淵の口先だけの露悪に過ぎないと思っていたのだが。

反応の仕方が分からず、軽口のやり場に困る。本当はやっていないだろうと思っていたのに、それでも本人に確認したのは、勝手にやっていないと決めて、勝手に信じるのも何か違うような気がして。自分の印象や思い込みで噂の真偽を決めるのは、むしろ不誠実だと思ったからだった。

「え、まじ？」

馬淵は首を傾げる。

「え、思わなかった？　これ絶対いけるわって」

「いや、そんな心の余裕なかったし」

ゴン、と後頭部に衝撃を感じ、振り返ると、笹井が電子辞書を片手に仁王立ちしていた。

「……いきなりどうした」

「その噂、信じてるの」

瞳は怒りを噴出している。ひどく不機嫌そうだ。女は怖いと思いながら「いや別に」と手を顔の前で振った。

「なら何で」

「いや……」

「言っとくけど、やってないから。ねえ理央《りお》？」

「ん。さっきのは、できそうだったねって話で、実際にはやってない」

なんだよそれ。馬淵を睨むと、おかしそうに肩を揺らして笑った。完全にからかっている。

「私、したともしてないとも言ってないじゃん。羽山含め皆、早とちりはよくない」

「あのね、理央。この噂広まってから毎回言ってるけど、ちゃんと最初に否定するの。変なこと言って相手を惑わせて楽しまない」

「えー」

「えーじゃなくてね、だいたい今私がいなかったら、羽山の誤解は解けなかったんだよ。そしたらまた他の、私も理央もいない場所でどんどん広まってね……」

「わーった。へーいはーい」

笹井の説教と馬淵の適当な返事を聞きながら、電子辞書で殴られるべきは俺ではなく馬淵だったはずだ、と正当な文句が湧いた。だが言ったところで、「私が理央を殴るわけないじゃん」と返されるのがオチだろう。笹井は馬淵のことが心配で仕方ないらしい。常時適当で、嬉々《きき》として誤解を招き、何事も雑でどうでもよさそうな馬淵をフォローして回る。その馬淵の様子は、保護者に注意される幼児のようだ。「さすがは後見人」と茶々を入れた。なんとなく定着した『後見人』という愛称を、笹井も馬淵も気に入っている。

「陽介、ハサミ貸せ。くっそ、今負けたのはこの前髪が目に入って気になって仕方なかったからだ」

試合終わりの智樹に頼まれ、筆箱を漁る。が、ない。昨日の夜、捨てたことを思い出し、家に置いてきたと告げると、智樹は不満そうな顔になる、のではなく、目を細めた。何か考え事をしている顔だ。もっと言えば、疑われているような。悪事を見透かされたように感じ、いいやないと内心で首を振った。智樹に限って、複雑な思考などできやしまい。

「おまえ、髪のせいにすんなよ。だっせえ」

智樹に背を向けて、黒板の方を向いた。今日は俺が一位か、と全試合が終わった後のリーグ表を眺める。放課後のありふれた余暇の、何にも繋がらない、何の価値もない勝利でも、まあそれなりに嬉しいものだ。ガッツポーズを大袈裟《おおげさ》にならない程度に振り上げる横で、笹井は

「明日のラケット何にしよう……」とまじめに思案している。優等生の笹井がこんなバカげた遊びに付き合っているのが、最初は違和感があってこそばゆかった。西井さんにふと視線をやると、俺たちの全試合が終わるのを待っていたかのように、何も言わずに教室から出ていった。車椅子が廊下を去っていく。俺たちはその背中をしんみり見つめるなんてことはしない。

教室を元通りにして――ここまでが遊びだと言わんばかりに最後まではしゃいで――各々部活に出るために別れた。智樹と共に歩く。クラスも二年間一緒、部活も一緒。ついでに小学校、中学校も一緒。もうおまえに飽きた、とお互いに言い合っている。

サッカー部は部員数四十六人の大所帯だ。AB二チームに分かれて練習をする。俺と智樹はAチームだったが、前回の大会ではユニフォームはもらえなかった。マネージャーが入れてくれた薄味のぬるい茶を口に含み、よしやるぞ、と気合を入れる。準備運動はとうに終わっている。

リフティング、トラップ、ボールタッチ。基礎練をまじめにこなしていく。智樹が隅で大技を決めるのを、チームメイトが「相変わらずすげえ。変な技ばっか習得しててすげえ」と舌を巻く。

自称熱血顧問のがなり立てる声を無視しながら、白と黒の球を蹴る。ラグビー部や野球部ほどでないにしろ、それなりに鍛えているAチームの面々の中で、影が薄く、ひときわ線の細い同級生がいる。鈴木《すずき》だ。マシューズなんかの小技が巧《うま》く、器用に相手をかいくぐる。レギュラーの一員としてチームには欠かせない存在だが、闘志に溢れた選手を欲する顧問にとって、激しい感情を表に出さない鈴木が気に入らないらしく、今日も集中砲火を浴びている。

「おい、今のは右だろ！」「遅い！」「もっと歯食いしばって全力でやれよ！」「活が足りねえんだよ、活が！」

ここまでくるともう誰も委縮しない。なんかうるせえな、くらいだ。聴覚は鈍麻されていくらしい。

練習の合間、鈴木の隣に立った。

「今日も吠《ほ》えられてんな。飼いならせよ」

顧問をブルドッグに脳内でなぞらえながら言うと、鈴木は苦笑した。細身の鈴木が肩を竦めると、より頼りなく見える。

「いいよ別に。悲しくないから」

悲しい？　独特な言葉遣いに違和感を覚える。背中が疼《うず》いた。この場面は悔しい、だろうが。適切な相槌が分からず、若干の居心地の悪さを感じながら、俺は曖昧に頷《うなず》く。

3

週末、金村さんが家に来ることになっていた。

告げられたのは前日の夜だった。「明日出張で遅くなる」と言われるのと同じくらい、取り立てて騒ぐことでもないのが自明であるかのようなテンションで言われた。それに釣られて、「あ、そう」と返し、心の中で、ああそうなのか、と二度腑《ふ》に落ちた。週末に、金村さんが、家に来る。レストランを飛び出た日以来、父は金村さんに会っている様子もなかったし、その名前を口にもしなかった。その話はどうなったのか。連絡は取っているのか。気になっても、後ろめたさで聞くことができなかった。

直前に伝えるものだな、と思った。もう明日だ。当日までに予定を入れることを阻止する狙いか、と父でなければ考えていただろうが、父に限って、そんな小賢しいことは考えない。適切なタイミングだとか、言い方だとか、そういうことにも一切、気を配らなかった結果だろう。愛想も気遣いもない。

翌日。すぐにその日は来た。昼時を過ぎてから、部屋着を脱ぎ、適当な服に着替える。途中でラインが鳴った。黒滝からだった。

『速報。女バス、負けたって』

文面を視線が二度撫《な》でて、そういえば今日、女バスの公式戦だったことを思い出す。馬淵も笹井もスタメンで、最近は朝練にも出ていたから、かなり熱の入った大会だったのだと予想が付く。

『ひどかった』『こっぴどくやられてた笑』と黒滝。

『笑ったんな』『何で行ってたんだ』『彼女、バスケ部じゃなかったろ』『新しい彼女か』

『いや、友達の友達の応援』

なんだよ、と内心で毒づく。

『まあでも、エース不在の割には奮闘したよ』

『偉そうだな』『馬淵、いなかったんだ』

『ん』『士気だださがり』

なるほど、と思う。エースの馬淵不在か。実際にチームのやる気が左右したかは黒滝の憶測でしかないとしても、そりゃあ戦力が大幅にダウンするだろう。

黒滝とのラインを閉じて、馬淵とのトーク——アイコンは骨折した棒人間だ——を開く。普段、必要以上のやりとりをしないため、少し躊躇《ためら》ったが、『今日試合行かなかったんだ』と送る。

「陽介、準備できたか」

一階から父が呼んでいる。スマホを片手に階段を下りた。

「できたけど。千夏がまだ」

千夏は家から一番近い、遊具の豊富な公園で遊んでいる。毎日、男女合わせて十五人くらいが集まるそうだ。土曜日でも賑《にぎ》やかさは変わらないだろう。もうじき帰ってくることになっているが、鬼ごっこのゲーム途中で帰ってくるのは本人が我慢できないらしく、門限は大抵守られない。門限通り帰ってくる日があれば、ドッジボールで早々に外野に行ってしまったんだろうな、と予想ができる。

十分後、千夏が帰ってきた。ひと汗かいてすっきりと言わんばかりの晴れ晴れした表情に、門限破りに対する後ろめたさは感じられない。千夏は金村さんのことを、いつ知らされ、どう思っているのだろうと考えた。時間がなく、直接話すことはできていないが、この屈託のない笑みだ。悪い印象を持っていないことは確かである。自分の足場が削られていくような心許《こころもと》なさに襲われた。

「もうじき到着だと連絡があった」

「やった、まだかなー?」

無邪気な歓声に心を抉《えぐ》られる。

「ねえ、金村さん、今日いつまでいるの?」

歓迎していないことが露骨な俺の物言いに、父は若干眉根を寄せたが、知らぬふりで答えた。

「夕食までだ。カレーを作ってもらう……あ、いや、一緒に作るんだ」

カレー。母の得意料理。父が忘れているはずがない。動揺させようとしているのか、心を開かせようとしているのか、歩み寄りを示したいのか、対抗しているのか。思いを巡らせて、悪い考えばかり過る自分に嫌気がさす。どれほど性格が悪いだろう。「カレー!?」と喜んでいる千夏と、どうしても自分を対比してしまう。

インターフォンが鳴る音が、頭蓋骨の内側でいやに鮮明に反響した。さすがに一人、出迎えもしないのはまずいだろう。自分が常識人であり、こうしなければ、という最低限のマナーを備えていることに苛々《いらいら》する。

夕食の準備まで、千夏は金村さんに刺繡を教えてもらっていた。美しい模様を作る手芸は小学四年生にハマったらしく、千夏は身を乗り出して金村さんの手元を見ている。

金村さんは、教室では幅広く教えているが、専門はヨーロッパ刺繡だという。コーチングステッチだとか、レゼーデージーステッチだとか、たびたび専門用語が登場する。……だめだ、さっぱり分からない、ついていけない。千夏は素直に、「それ何？」と聞く。自分だけ心が離れていく。口実を付けて自室に籠もった。扉を閉めても、金村さんの上品な笑い声と千夏のはしゃぐ声が、飛び込んできては耳朶《じだ》をいじめる。押し入れから乱暴にゲームを引っ張り出した。スマホを手に入れてから、娯楽はほとんどスマホに集約され、長らく使用していなかったゲームだ。意味もなくボタンを連打した。ぶっ壊してやる。

馬淵から返信があった。短く、『サボり』と書いてある。じゃあサボりじゃないな。体調も悪かったのだろうか。答えられない問いに対して、自然な回答をしてくる馬淵は優秀だ。指をさして笑うキャラクターのスタンプ一個を送って、会話を終わらせた。もともとそれほど興味のある話題ではない。

カレーのにおいは、どうしてこんなにも特徴的で、よく香るのだろうと思う。夕食の時間になったことを察し、気が乗らないながらもダイニングへと向かう。

母がかつて使っていた椅子を父が誕生日席に移動させ、そこに金村さんを案内する。

久しぶりの、四人での食事。

椅子の位置が、違う。使っている箸が違う。緊張感が漂う。千夏だけが、にこにこと大盛りによそっている。

「好きに食べて。おかわりもあるわよ」

軽く目で礼をして、中サイズ分くらいを盛りつけた。少なすぎないように、多すぎないように。嫌味でないように、飛びついているように見えないように。おたまを置く物音が大きすぎないように、ただ吐いた息が溜息と誤解されないように。食べるときは速すぎないように、でも遅すぎないように。どうも神経質になる。

「どう……？　おいしい？」

千夏が真っ先に、おいしい！　と無邪気に答える。相当なついてるな、この子。舌打ちしたくなるのを隠す。俺も、おいしいです、と短く返事をした。実際、おいしかった。母が死んでから、父はカレーを作ったことはなかった。母の得意料理だったから、避けていたのだろう。学校の給食より、祭りの屋台より、レトルトより、格段に美味しい。穏やかで家庭的な金村さん。刺繍だけでなく、料理も得意なのだろう。

けれど、何か足りないと思ってしまった。もう届かない、手を伸ばしても掠《かす》りもしない、硬い壁に阻まれた閉ざされた過去の、何度も食べたカレーと比べて、何かが違う。もう何年も前に死んだ母のカレーの味なんて鮮明に覚えているはずがないのに、何かが足りない、それだけは分かる。

隠し味？　ルーが違う？　野菜の煮込み具合？

味が違うのは当たり前だ。別の人が別の材料で、別の工程で作っているのだから。でも、違う、違うと大声で喚《わめ》き散らしたいわけでは全くなくて。〝足りない〟のだ。何かが足りない。

俺の微妙な反応は察しただろう。けれど金村さんは、「よかったあ」と朗らかに笑う。やめてくれ。こちらが悪者になる。真摯に向き合われれば向き合われるほど、優しさを提供されればされるほど、応えなければ不誠実になる。罪悪感が募る。後ろ指をさされても言い返せない。

食ってやる、と思った。頑張って、本当においしいです、と心を込めて言う。こちらだって対等に、神経をすり減らしたい。でなければ、主張ができない。

金村さんは、時間のある日の仕事の帰りに家に寄ったり、休日に積極的に我が家に来たりするということになったらしい。外堀を埋められているようだと感じる。じわりじわりと迫ってきて、首が絞まるような感覚。

今後のことだが、という前置きでそのことを告げた父は、年を取って光量を減らした目で、珍しく俺を真正面から見据えていた。ゆっくり考えてくれればいい、とも言った。

「ただ、接しない限り、どういう人かは分からないし、考えようもないだろう」

父は父で色々考えているのだとは思った。悪意や急《せ》かす気、何かを強いるつもりはないのだとも分かっている。俺が何か訴えれば真摯に耳を傾け、改善に向けて働きかけてくれるのだろう、とも。

けれど、悩みたいなら悩めばいいと言えるのは、その先の明るい未来を前提にしているからだろう。輝かしいいつかのためなら、いつまでも待つことができる。だからそんな悠長で甘いことを言っていられる。なら、散々待たせた結果がノーは許されるのか。きっと無意識に、最終的に再婚できない可能性を想定から外しているに違いない。無自覚な純粋さに腹が立つ。

とはいえ俺は、最初の段階でノーを表明しているのだ。それを忘れてもらっては困る。ごめん、母さん。あの日の呟きは震えながら紡がれ、鼓膜にただれのように貼り付いた。粘着質の物体がそこにあるような不快感を忘れないだろうし、それがあるからこそ、父の再婚を認めることはないのだろうと強く思う。

父が風呂に入っている途中、寝転がり、ごろごろと部屋を行ったり来たりしている千夏に話しかける。

「何してんの」

「ん？　ごろごろして遊んでる」

「その通りだな」

「お腹《なか》いっぱい。苦しい。カレー食べすぎた。おいしすぎた」

そ、と短く答え、冷蔵庫を開ける。カウンターにコップを置き、お茶を一杯。

「千夏、いつ聞いたの。金村さんのこと」

「っとねー。美和さんには、前会った」

「前？」

「宿泊研修から帰った、次の次の日」

そ、と短く答えてお茶を飲む。尋問めいてなかったかと自分に問う。

「家でカレー食べたの、初めてかも」

千夏がぽつりと言った言葉に、俺ははっとして千夏の方に向く。千夏はまだ横になってはいるが、もうごろごろと転がってはいない。白い天井と相対している。

「さすがにそんなことはないと思うけど」

いくら千夏が小さいときの別れだとはいえ、さすがに母のカレーを一度も食べたことがないことはないだろう。

「そうかな」

「たぶん」

「でも、覚えてないから、食べたことないのと、一緒」

胸を衝かれた。俺が覚えていることが、千夏が経験していると思っていることが、千夏の中には全く蓄積されていない。

「カレー、家で食べたことないって学校で言うと、すごいびっくりされる」

「そうだろうな」

「そうなの？」

「そうだよ」

迷ったが、誤魔化さずにきちんと言っておくべきだと思った。カレーがこんなにも避けられる食卓は珍しい。

「母さんの得意料理だったんだよ」

「そうなんだ」

「ん」

「あのね、お兄ちゃんが時々、休みの日のお昼ご飯用意してくれるって学校で言っても、びっくりされるよ」

唐突な話題の転換だった。千夏は俺の方を向いている。

気が向いたら、という程度だ。自分が食べるついでに、多めに作るだけ。オムライスやチャーハンで、手が込んでいる類。今思い返しても、インスタントのラーメンやパスタを茹《ゆ》でるだけのことが圧倒的に多い。

「それたぶん、実際よりすごいもの作ってるって想像されてるな」

「かもしれない」

千夏がくすくす笑う。

「お父さん、再婚するんだね」

千夏の中では、もう確定事項らしい。何の憂いもない、明るい声だった。

「美和さんが来たら、お昼ご飯も、今日みたいに作ってもらえるかな」

「ごめん、いつも俺のずぼら飯で」

「あ、ごめん。違う、違う。じゃなくて、嬉しいから。美和さん」

「千夏さ」

息が硬くなっていた。またお茶を飲む。あの日、レストランでは、意地でも何も飲まなかったのに。

「どうだった？　金村さん」

千夏がすくっと起き上がる。ごろごろしていたせいで、髪はぼさぼさだ。目が光り、頬が紅潮している。

「好き。優しい。学校の先生みたいに優しいけど、学校の先生みたいな叱り方、絶対にしないし。次いつ来るの、って帰る時聞いたら、まだ分かんないけど近いうちに、だって」

「……そ」

「優しかった。ねえ見る？　美和さんの刺繍。すごいんだよ。何でお兄ちゃん、途中から自分の部屋行っちゃったの。もったいない」

「いいよ、俺は」

「待ってて、持ってくる！」

先ほどまでだらだらしていたのが嘘であるかのように自室へと走っていく。その弾んだ背中からは、幸せオーラが溢れていた。そりゃそうか。小学四年生。きれいでお洒落《しゃれ》で器用な人。目線を合わせて喋ってくれる。母としてなのかは分からないが、受け入れるには十分だ。

俺しかいない。

あの日、一人家に残っていた、母を逝かせてしまった責任がある。

母が死んだときは、荒れに荒れた。小学生の小さな体の中に、割り切れない感情をはちきれんばかりに詰め込んで、誰にもその苦悩を見せたくなくて、まだ幼い妹の立派な兄として振舞おうとした。気を遣ってくれる、優しい親戚や母の知り合いがたくさんいたから、隅で丸まって、殻に一人、身勝手に閉じ籠もるわけにもいかなかった。

はちきれんばかりだった。でも、はちきれなかった。後悔に納得できないまま、母の死を受け入れられないまま、ただ時間だけが流れ、再婚話が来るにふさわしいかもしれない時が来てしまった。

母さん。何度も拳を握った。俺しかいないのだ。

4

「理央ちゃん、ちょっと話できるかな」

月曜日の放課後、皆が帰宅準備をする中、馬淵は担任に呼び出しを食らった。坂下先生は、大抵の生徒を下の名前で呼ぶ。智樹がボソッと呟いた。

「終身刑だ」

同意だった。担任に捕まるといよいよ面倒なのだ。

「おまえ、何したの」

智樹が後ろ姿に投げかけると、馬淵は軽く肩を竦めた。

「万引き、強盗、詐欺、殺人」

遠ざかっていく背中に、「いや学校来れんだろ……」と智樹が呆れを滲ませた。俺は、「まさに終身刑だな」とツッコミを入れつつ、馬淵への同情が膨らんで仕方ない。話が長い上、重い話の相談があるだろうと勝手に踏んで、呼び出している。求められている打ち明け話があって、腹を割られた、という実感を与えない限り、釈放は望めない。

「かわいそうに」

「生きて帰ってこれるといいな」

「今のうちに墓でもたてておくか」

智樹とひそひそと言い合う。馬淵のことだから、精神的に死んだ、などと言いながら帰ってきそうだ。

「俺、あの人とサシで話すの、嫌いなんだよな」

俺がぼそっと零《こぼ》すと、

「それ、皆だから」

智樹が肩を竦めた。智樹にまでこんな大人びた態度を取らせる先生は、もはやさすがと言えるだろう。


その経験に名前を付けるなら、『屈辱』がふさわしい。

年度初めの球技大会のことだ。自分のクラスのチームが試合をしていない空き時間帯、部活仲間だったり、一年の頃の友達だったりがいる、他のクラスの応援（という名の妨害、野次飛ばし）をしていた。ちりばめられた春の暖気、むしろ暑さすら感じる日向《ひなた》で、つい転寝《うたたね》をしてしまったのがいけなかった。羽山君、と呼ばれた。起こしてくれた坂下先生を寝ぼけ眼で見つめたことを思い出すたび、羞恥心が蘇《よみがえ》る。気づくと周りにクラスメイトはおらず、自分たちの試合の準備中だった。慌てて追いつき、智樹に思い切り膝蹴りをかました。それで全ての恥は掻き消えた。めでたしめでたし、明日には忘れるありふれた日常の一部、のはずだったのに。

話はそれだけでは終わらなかった。その日の放課後、先生に呼び出された。どうも一人で放っておかれていたため、クラスから浮いていると誤解されたらしい。「学校はどう？」「悩みはない？」という定型文に始まって、「最近元気なかったね」という全く身に覚えのない指摘をされた。「顔色が悪かったね」「笑顔がぎこちなかったね」「色々と踏ん張っているように見えたよ」。眼科に行ってこい、と吐き捨てたかった。友達との間に心理的な隔絶を感じていて辛い、という趣旨の相談を求められているのは早々に勘付いたが、さすがに癪《しゃく》で、沽券《こけん》にかかわるため適切な作り話などすることができず、半ば不貞腐《ふてくさ》れて黙り込んだことは、肯綮《こうけい》に中《あた》ったと勘違いを助長させた。「よく分かっているでしょう？」「よく見ているでしょう？」。迸《ほとばし》る得意げとしたり顔。この人には、どんな言葉を尽くしても「ただ寝てただけ」というのは伝わらないのだろう。諦めるしかなかった。

この、学校の先生に「見られている」という感覚も得意ではなかった。中学生になって、それほど時が経《た》たないある日の給食で、お盆を持って一日ずつ各班を回って昼食をとっていた学年主任が、外国籍の生徒に箸の持ち方を教えていた。

「子供が結婚相手を連れてきたとき、最初に見るのが箸の持ち方なんだ」

へえ、と相槌を打った。ありきたりな話だなと思いながら。

「きちんと育ってきたか分かるからね。——羽山君は、持ち方ちゃんとしてるね」

社交辞令でどうも、と軽く点頭した直後、背中を虫が這《は》ったような不快感と悪寒に襲われ、心臓が大きく跳ねた。その学年主任は、何の気なしに言ったのだろう。しかし、読み取れてしまった。今、自分は、どのような家庭で育ったのか、見られていたということに。育ちがいい生徒か否か、測られていたのだ。

気にしすぎだ、とは思う。褒められているのだから、素直に喜べばいい。何度自分にそう練り込んでもだめだった。言葉が馴染《なじ》まず浮いてくる。自分より圧倒的に長い時間を生きてきた存在が、自分を見て、何かを推し量っている。そう考えてしまうともう止まらない。

きっと自分は、ある種の繊細さを持っているのだろう。でなきゃ高校生にもなって、こんな日常の些細《ささい》な出来事を覚えていない。坂下先生とのすれ違いも、中学の学年主任とのやり取りも、きれいさっぱり忘れられていたはずだ。

連行された馬淵の後を、笹井が複雑な表情でずっと見つめていた。いつものような心配とはまた違う、不安の色が少し、でも距離を取るような翳《かげ》りも見える。智樹のように声を掛けることもない。

「どうした後見人」

「いや――」

考え事に気を取られて、心ここにあらずといった調子の返事があった。いささか心配になる。今日の笹井は、少し様子がおかしい。敗戦がショックだったのだろうか。黒滝によると、先日の試合は馬淵欠場の戦力ダウンが応えたということだが、そういえば今日、笹井と馬淵が話しているのを見ていない。

「なんか、馬淵が呼び出された理由、知ってんの」

それほど興味があるわけではなく、野次馬になりたいわけでもなかったが、笹井に軽く問いかけてみる。

「あ、うん。……いや、分かんない」

返事は曖昧だった。

「そっか。まあ馬淵なんて、何やらかしとるか分からんからな」

後見人も、主人がアレでは心休まらないだろう。

清掃当番を適当に済ませ、部活まで教室でゲームをすることに決めた。智樹は今日、歯医者に行くため部活休み——歯医者こそサボる者の言い訳だ——馬淵は呼び出され、黒滝は彼女とすでに下校。笹井と二人で卓球をする気にはならなかった。笹井と不仲なわけではないが、二人きりで何かをするほどではない。調律のなっていないピアノで長調の曲を弾くような、拭えない気まずさがある。集団の中の個人間の関係は往々にして歪《いびつ》で、でもそんなものだと誰もが納得している。その絶妙な間柄をわざわざ指摘するのはナンセンスで、それでも皆、普通にちゃんと仲良くやっていけると知っている。

西井さんはすでに教室にはいなかった。俺たちが卓球をやっていないため、帰ったのだろう。今日は体調が比較的いいらしく、車椅子ではなかった。

野球部の威勢のいい掛け声が、ノックのときにはさらに大きくなる。それが、俺たちの部活の時間が迫っている合図だ。張りがある大声が、弛緩《しかん》した放課後にちょうどいい。低い声が、俺たちは確かに、空よりずっと下の地面の上で走り回っていることを実感させてくる。

はあ、と笹井が何度目かの溜息をついた。腕を机に投げ出し、上体を軽く預ける。

「だめだ。なんか今日、ブルーな感じ」
ブ、、、ルーな感じ、という言葉の一部分が、あるバンドの名前である、ブルーノ、に聞こえて息が詰まり、咄嗟に反応できなかった。拍動が駆け上がるように急にうるさくなっていく。身体が熱い。何もなかったはずの背後から手が伸びて、首根っこを摑まれ締め上げられたような錯覚が起こった。目の前の現実を忘れ、喉の奥から掠れた声が漏れる。
「何て言った?」

笹井に不思議そうな目で見られ、我に返った。

「ごめん。何でもない」

「そ。何か言ってた気がしたから」

俺はそれには返事をせず、「馬淵、遅いな」と教室のドアを見た。笹井がやはりすっきりしない表情のまま、小さく頷く。

時間になり、一人で教室から出た。これから部活だ。体育の授業がなかった日は体力が有り余っていて、詰め込んだ昼飯のカロリーを早く消費したい欲求に駆られる。

階段を下りる途中、前を歩く馬淵の背を見つけた。げっそりした様子で、とぼとぼ足を引き摺《ず》って歩いている。霞んだ嘆息が後ろ姿から分かるくらい、ぼとぼとと漏れ出ていた。坂下先生との面談で、相当疲れているらしい。俺には気づいていないようだった。スルーが得策だろう。階段の途中で追いつく直前、視界を赤い布が舞った。馬淵のハンドタオルだ。

「おい、落とし——」

赤は血だ。あの日、階段にこびりついていた血だ。短い髪が浸っていた血だ。

窓から鋭角に差し込む夕日が、俺をあの日に連れていく。

第二章

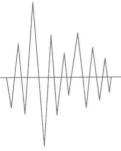

1

次の日の、学校での昼休み。購買のパンを小食ぶる女子のようにちびちびとつまむ。男子高生が食欲不振という、あってはならない状況に気が滅入《めい》りながら、ヤフーニュースを何の気なしに漁っていた。画面の上で指を滑らせていく。読みたい漫画も読み終わった。智樹のように音楽中毒ではないし、イヤフォンやヘッドフォンの類を持っていないから、学校でYouTubeを見ることはあまりない。それに今は、自分の好みや履歴に合わせたものをおすすめに出してくるようなSNSには触れたくない気分だった。もちろん優れた技術に違いないが、たまには蓄積された自分の痕跡から逃げ出したくなるのだった。

【女優・田沢麻理恵《たざわまりえ》　大手芸能事務所UNCKELに移籍　新たな道へ】

【13人が犠牲になった福島夜行バス事故から10年。戻れぬ時間。被害者家族の苦しみは如何《いか》に】

【捕まらぬ通り魔　発生から3日経過　怯える住民　警察は情報提供を呼び掛け】

目に付いたものをランダムにタップし、流し読みする。ニュースはつまらない。遠く離れたどこかの誰かの一大事によって起こる同情心や痛みは、瞬く間にあっさりと失せて、後には何も残らない。

【女子高生　電車での奇行

一五日土曜午前七時一五分、〇〇県を走る××線の電車内で、ベビーカーに乗せた赤ん坊が女子高生によって連れ去られそうになるという事件が起きた。幸い、赤ん坊の母親が気づき事なきを得た。女子高生は部活に向かう途中だったという。調べに対し、『母親がずっとスマホを触っていて、このままだと誘拐されると思った』と供述しているという。警察は誘拐未遂として捜査している――】

この記事だけ、コメントの数が異常に多い。芸能人が不倫したのと同じくらい、人が群がっているように感じた。急上昇中のマークがついている。このマーク、悪いニュースにもつくことがあるんだ、へえ、と画面を撫でていく。

確かに、コメントしたくなる記事ではあった。わけわかんねー。率直な感想だけでも、他者と共有すると盛り上がれることは間違いない。試しに智樹に見せてみる。案の定、「頭おかしいやんこいつ」と腹を抱えた。「だよなー」とスマホを戻す。

少しだけ、迷った。迷って、コメント欄に『わけわかんねー』と打ち込む。送信マークに指をかける。

迷っている間に、指が少しずれたのだろう。躊躇いに不釣り合いなくらいにあっさりと、そのコメントは人の目に触れる場所へ飛び出していった。

『わけわかんねー』

コメントをするのはハードルが高いものでもないな、と思う。長文を打ち込むなら労力がという話になってくるが、これほど短文なら友達にラインを返す感覚だ。

それでも、自分のその投稿されて間もないコメントに、グッドボタンがぽつぽつと押されていくのは、気持ち悪かった。ページを閉じる。

教室の後ろの扉が開き、昼休みの雑然としたざわめきが、一瞬、ぴたりと停止する。見ると、遅刻してきた馬淵が、松葉杖《まつばづえ》をつきながら教室に入ってくるところだった。足には真っ白なギプスが巻かれている。重石《おもし》がぶら下がっているかのようだった。思わず、健やかな白さを膨らませたギプスを目で追ってしまう。

「どうしたの」「だいじょうぶ」と問うクラスメイトに、馬淵は、階段落ちただけーと軽く答えていた。だけ、という日本語の出番でいいのだろうか。馬淵なら頭に瘤《こぶ》を作っても、隕石《いんせき》落ちてきてさー、と今と同じくらい軽快な口調で言いそうだ。聞いたクラスメイトは反応に困って、中途半端な驚きを顔に浮かべている。

馬淵は机の上に荷物を放り出した。

「捻挫した」

「聞こえてた」

「あっそ。整形って混んでんねー。しかも待ちがだいたい、暇そうな爺《じじい》とか婆《ばばあ》なの。許さん」

「いいやん。授業サボれたんだから」

「違う、私の予定では、さっさと診断終わらせて、適当に遊んで、その上で病院行ってたから遅れたっていう口実を使う予定だったの！　最大限活用させていただきたかったの！　なのに！　だ！　病院から直行だよ？　ありえん、まじでありえん」

「おかんむりだな」

「声でけえよ」

智樹でさえ苦笑いだ。ここで後見人の出番かと思ったが、笹井は少し離れたところで、なんとなく近寄りがたそうにしている。どうしてだろう、怪我をした馬淵に対し何も言わないなんて不思議だ。一言くらい、何か言えばいいのに。そう思っていると、ふと笹井と目が合った。弾かれたように笹井の足が動く。笹井がこちらに来ている間に、ちょうどチャイムが鳴ってしまい、その場はお開きとなった。

授業が始まる。寝る。授業が終わる。放課後になる。

「おまえ最近、授業中寝すぎじゃね？」

後ろのクラスメイトに言われ、「ん……？」と返すと、「寝ぼけてんな」と笑われた。確かに寝不足だ。最近よく嫌な夢を見る。

帰り支度をしている最中、また馬淵は、坂下先生に呼び出された。

「まじであいつどうした」

智樹が折れ曲がった教科書をしまうついでに、俺のところにきた。後ろにいた黒滝も、釣られて足を止める。

「いやでも廊下で喋ってるから、そうたいした話じゃないだろ。怪我は大丈夫？　的な」

「わざわざ呼び出して？　ご苦労なことだ」

坂下先生と雑談なんてごめんだ。怪我は大丈夫？　どうしたの？　どんなありふれた日常会話も遠慮したい。けどどうしても喋らなくてはならないのなら、雑談は雑談に見えるようにしてほしい。今、馬淵は傍から見れば、『ちょっと色々とある子』になってしまう可能性がある。実際に何かがあるなし関係ない。馬淵でも別の生徒でもそうだ。その程度の気回しもできなくてどうするんだ。

「坂下先生、よくやるよな」

「違うだろ、馬淵がよくやってんだ」

「確かに」

「あのさ、ちょっといいかな」

智樹と黒滝と話しているところに割り込んできたのは、笹井だった。智樹が「どーした？」と片眉を上げる。笹井が声を潜めた。

「理央、階段から突き落とされたんだって」

あたりに緊張が走った。智樹が表情を強張らせ、黒滝は長いまつ毛に縁どられた目をぱちくりさせる。俺ははっと息を呑《の》んだ。そんな自分を、三人から自分は切り離されていると思うくらい、やけに身近に感じる。自分の輪郭を明確に感じ取り、その皮の厚みが増していく。鼓動が不安定に揺れ、うるさいくらいに耳元で喚いた。

「だからあれ？」

黒滝が廊下を不躾《ぶしつけ》に指さした。

「違う。先生には言ってないって。言うつもりもないらしい。面倒だし、嫌いだからって」

「誰にやられたって、分かってないのか」

「分かんないって」

笹井が言葉を切り、しゃくりあげるように息をした。

「ねえ、めっちゃ怖くない？　私、泣きそうなんだけど。突き落とされたんだよ？　当たり所が悪かったら死んでたかもしれないじゃん」

笹井は深淵《しんえん》をのぞき込んで立ち竦むように、ひどく怯えていた。真冬のように、ぶるぶると小さな体を震わせる。

智樹は黙り込んだままだった。こういう話になると真っ先に反応するのが、元気バカの役目なのに。

そういえばここ数日、智樹が口を噤《つぐ》んでじっと考え込んでいるのをよく見る気がする。智樹らしくない。そして、らしくない様子の人間は、大抵厄介な問題を抱えている。

「実はさ」

暗い顔をしていた智樹が、意を決したように重い口を開いた。強い眼差《まなざ》しが俺に向けられて、心臓が落ちるような心地を覚える。が、智樹は流れるように俺から皆へと視線を移し、右ポケットに手を突っ込んだ。何かを取り出そうとする。息を詰めてその右手を注視した。

「オレも先週同じような目に遭ってて。妙だし、気味悪いし、でもたいしたことじゃない気もして言わなかったんだけど」

智樹が取り出したのは、細かく切り刻まれた細いコードだった。二つ、潰れた丸いものがある。

これは。

「イヤフォン、オレが愛用してたやつ。一回学校に忘れてって、まあ次の日でいいやと思って学校に行ったら、こんな風にされてたんだ」

智樹のイヤフォンのコードの部分が、めちゃくちゃに切られていた。経年劣化などで擦り切れたわけではなく、意図的に切られたことが明らかな状態だった。もう使えない。

だから最近、授業中に音楽を聴いていなかったのか。

言おうとしていたセリフは、喉の奥に塞がって出てこない。空気が蓋をしている。

「新しいの、買ったのか？」

黒滝が顔を上げて、智樹に問うた。

「いや」

「買えよ。ついでにワイヤレスのやつにすれば。おまえ保管悪いから、いつもコード、かばんの中でぐちゃぐちゃにしてたろ」

智樹がむくれて唇を尖《とが》らせる。

「金欠なんだ。それにオレは、反ワイヤレスだ。コードがあった方がバレやすい。そのスリルがたまらねえんだ」

「あ、そう」

「ちっきしょう、このせいでオレはここ数日、授業中どころか、帰り道でも音楽を聴けていないんだ」

智樹は一瞬、苛立《いらだ》ちに目を鋭くし、どこかにいるだろう犯人を睨んだ。が、風船が萎《しお》れるようにすぐ、その目の光を引っ込める。普段のバカっぽさを失《な》くし、困り果てたように言う。

「まあ、オレが音楽を聴けるか聴けないかなんて、そんなの些細な話だよな。こんなことが起こっちまったら。誰が、何でこんなことしたんだろう。怖えな」

笹井の喉が鳴り、俺も目を伏せる。誰の仕業か。どんな理由があってのことなのか。全員がビビっていた。雰囲気は緊張し、俺たちの周りの空気だけ組成が変わって、気体以外のものが交じり合ったかのような硬さや息苦しさがあった。四人の中心に投げるように置かれたイヤフォンの残骸が物々しく、ただごとではないと声高に主張しているかのようだった。

コードが切られたイヤフォンを、オレ、黒滝、笹井の三人で額を合わせて観察する。恐る恐るその一片を手に取って、警察よろしく断面まで見たが、それで犯人が分かるならだれも苦労しない。

「故意だよな」

「うん。絶対わざと。怖い。わけわかんない。何で？」

智樹の黒いイヤフォンは、三から六センチの幅にランダムに切られていた。適当に、感情に任せて気の赴くままにやりました、とビニールコーティングに刻まれた傷が言っている。ハサミだろうか、カッターだろうか、あるいは別の刃物だろうか。それとも素手で引き千切ったのだろうか。それを黒滝に言うと、「引き千切った、が一番しっくりくるのがやばい」と腕をさすった。

「けど、素手で切れるほど怪力な人はおらんだろ」

「たぶん、ちっちゃい刃物じゃないかな。羽山が言った通り、ハサミとか、カッターとかの。あんまり、スパッとは切れてないし」

「切れ味は悪い、か」

「犯人、誰だろうな」

黒滝はその持ち主である智樹の様子をうかがう。唇をへの字に曲げていた智樹は顔を上げた。

「調べてみようか。それこそ、探偵みたいに」

「は」

「馬淵は階段から突き落とされ、オレのイヤフォンは破壊された。馬淵は怪我をし、オレは授業中に音楽を聴けなくなった。これは精神衛生上最悪なんだ」

「言ってろ」

「調べようぜ。放っておくなよ、こんなやばそうなこと。この学校に、人も物もめちゃくちゃにする、やべえ奴が潜んでるかもしれないんだ」

胸の内側で、小さな泡がぷくぷくと生まれた。やべえ奴が、潜んでいるかもしれない。

「気になるだろ。このまま何もしないで、もしもっと大変なことが起こったら、一生後悔するんじゃないのか」

「……起きねえよ、そんなこと」

先ほどからいちいちセリフが大袈裟で、芝居がかっている。青春の主人公さながらにイタい。からかいたかったが、相変わらず、笹井と黒滝周辺を流れる空気は重苦しい。事態を俺より重大だと捉えているらしく、俺は何も言えなくなった。そうなると智樹にツッコむ人がおらず、沈黙が訪れる。馬淵が教室に入ってきた。集まっている俺たちに不思議そうな目を向ける。

「おかえり。今日は釈放早かったな」

「まあね。それよりどうしたの」

笹井が手短に事情を説明する。自分が突き落とされた話については関心なさそうに相槌を打つだけだったが、智樹のイヤフォンの話になるとさすがに深刻さが分かったらしく、思案顔になった。次に智樹の暴走については、呆れたように鼻を鳴らす。智樹に向き直り、目を細めた。

「……何のつもり？」

智樹は気まずそうに目を逸らした。後ろめたそうに口を開く。

「こういう探偵っぽいこと、やってみたかったんだ。刑事事件もののドラマ、見たばっかだし。おまえらも一回くらいやってみたいだろ、ドラマみたいな犯人捜し。そうだ、それだ！」

大声を出した途端、開き直りが始まった。

「な？　いいだろ？　こんなバカげたことができるの、高校生のうちだけだぜ。楽しめよ、イベントを！　それでもおまえら、自分たちの青春を誇れるのか⁉」

バカがバカをさらし始めた。

「やっべえ奴がいるかもしれねえんだ。それを突き止めるっていう大義名分はある。いや、むしろやべえ奴であってほしい。そいつを捕まえて、何でこんなことしたか聞いてやる。やべえ奴じゃなきゃ嫌だ」

駄々っ子五歳児に見えてきた智樹を、馬渕が密度の高い氷のような目で見ている。疲れたといった具合に首を振った。智樹にわざとらしく背を向け、俺たち他の三人に渋い面を見せる。バカにするように、片方の口角を上げて嫌味っぽい表情を作った。混乱している笹井と黒滝は顔を見合わせる。

智樹はひらりと輪から抜け出しチョークを手に取った。

「いいか、おまえら。青春を笑う者こそ、後で戻りたいとか青春したいとか言って泣くんだ。みっともねえ奴になるのさ。まず座れよ。どうやっていけばいいのか、考えようぜ。犯人を突き止めよう」

振り向いた智樹から、一瞬、真剣なオーラが立ち上った。イベントだと浮かれ、青春にはしゃぐバカなピエロという言葉ではカバーしきれない、目の奥に静かな光を湛《たた》えた智樹が垣間見《かいまみ》えて、思わず凝視してしまう。

「……そうだよね。理央を階段から突き落とした犯人、捜さないとだし」

「智樹のイヤフォンはどうでもいいってか？」

「理央の怪我に比べたら、もちろん」

「さすが後見人って思ったけど、でも笹井じゃなくてもそう思うのが当然だな」

笹井と黒滝からは、使命感のようなものが感じられた。思いがけず直面してしまった事件を重くとらえ、智樹の言う通り、犯人捜しをすることを決めたような覚悟。

俺も馬淵も、なんとなく流されて皆の後ろの席に座った。いつの間にか、教室には俺たち以外誰もいない。嘲笑《あざわら》っておきながらその流れに乗ってしまうのは、智樹の人を惹《ひ》きつける力に負けてしまうからだろう。馬淵が俺に囁いた。

「振り回されてるね、私たち」

「そんなもんだよ、智樹なんて」

「確かに、羽山は三宅の勝手に付き合うイメージ、強い。こういうめちゃくちゃなこと、ずっとあったでしょ」

俺は分かりやすく肩を落とす。

「俺もあいつの後見人名乗りたい。いやでもセットで扱われるのが嫌だ。勘弁してほしい」

智樹のせいで、部活の新入生紹介で『アツアツの餃子《ギョーザ》の物真似』の机役をやらされたことがある。すこぶる不評だった。

まあいいや、と一応智樹の方に向き直った。智樹がどういう方向に舵《かじ》を切っていくのか、〝犯人〟は見つかり得るのか、近くで確認していられるならそれに越したことはない。

教壇に立つ智樹は、まあまあ様になっていた。チョークを振り上げ、叩きつけるように黒板に何かを書く。粉が舞った。達筆を意識し、カッコつけたつもりだろう文字は、ただ雑で汚く、何と書いてあるか分からない。智樹は殊勝顔で咳払いをした。

「この世のありとあらゆる現象は、５Ｗ１Ｈでできている」

あれは５Ｗ１Ｈと書いてあるのか、と納得する俺の横で、馬淵が「この世！　ありとあらゆる！　現象！　だってよ！」と騒ぐ。馬淵は馬淵で、茶化さないとこの場にいられないのだろう。その前で笹井が「三宅君、現象って単語、使えるんだ……」と感心している。笹井までふざけはじめた。いや、本気で感心しているのか。

話し合いはいたって順調そうに進んだ。クオリティは、素人高校生が犯人捜しをしてみた、の域を出ないが、退屈ではない。When Where What は簡単に埋まった。智樹も馬淵も、自分がイヤフォンを忘れていった日や、担任に解放された時間を覚えていた。How は馬淵の欄だけ埋まる。字の汚さのあまりお役御免になった智樹の代わりに、笹井が必要な事項を黒板に書き込んでいく。習字を習っていた笹井の字は、活字のように整っている。

Why のところで、笹井の手が止まった。今回、Who に並ぶ大きな謎だ。何を使ってイヤフォンのコードを切ったかなんてどうでもいい。Why なぜだ。なぜそんなことをした。

「イヤフォンに恨みがある人ってこの世にいるのかな。どういう人なんだろ」

俺が言うと、智樹が能面のような無表情で俺を見た。

「恨みの対象、イヤフォンなのか？」

「え」

「普通、こういうとき、オレだろ。イヤフォンに対する恨みって何だ」

「あ」

智樹のまっすぐな目と俺の目がかち合う。

「もう悪戯《いたずら》でよくない？」

馬淵が早々にさじを投げた。確かに、それもしっくりくる。授業をきちんと聞かない智樹を、こらしめてやろうと思った誰かかもしれない。印象の悪い馬淵が、どこかで恨みを買ったのかもしれない。そもそも仮に犯人がいるとしても、智樹の件と馬淵の件が同一犯の手によるものだという確証なんてないのだ。不幸がたまたま自分たちの周りで二度起こっただけ。その可能性も十分ある。

「なあもうよくね？」

俺も馬淵に賛同した。もうよくね。言葉が喉から引っ張り上げられる。

だが、黒滝と笹井は続かなかった。ここまで来ると、何か大きな理由や事件が背後にはある、と思いたくなるのかもしれない。智樹が青春だとはしゃぐように、その方が楽しい道が開けているかもしれないからか。頭を空っぽにして、余計なことを考えない。我に返らない。冷静な思考をしない。バカなことを楽しむコツだ。

「そういえば黒滝、今日帰るの遅いな。彼女は」

「別れた」

「またか」

日常茶飯事だから、全員、ふうん、と風が吹いたくらいの反応で済ます。黒滝が女と付き合えば、別れるまでが一セットだ。智樹曰く、愛人っぽい名前の子。何という名前だったか。

「よし」

黒板を難しい顔で睨みつけていた智樹が手を叩く。

「聞き込みに行こう」

こいつは形から入るタイプだったと思い出した。体育の授業で、貸し道具があるのにグローブやラケットをわざわざ買って持ってくる人種だ。だらだらと席を立つ。

その日、教室に最後まで残っていたクラスメイトは誰か。馬淵が突き落とされた階段近くの教室は、その時誰が使っていたか。その場を通りかかった人や、すれ違った人はいなかったか。こんなこと無意味だと俺は思う。俺たちの現実はアニメやドラマのように都合よくは設計されていなくて、けれど有り余る高校生の熱量を費やすにはちょうどいい。結果、犯人を見つけられなくたって、その過程が楽しければそれでいいのだ。乗り掛かった舟だ。卓球はしばらくお預けでも、決して逃げていかない。

ぞろぞろと教室を出ていく面々に続いていくと、馬淵が視界の端でこっそり再び教室に戻ったのが分かった。馬淵の後に続く。馬淵が振り返った。

「あ、私サボりで」

整然と並ぶ机の間を飄々《ひょうひょう》とぬっていく。迷ったが、その後に続いた。

「じゃあ俺も」

ついてこなかったくらいで、あの三人は怒らないだろう。面倒ごとはパスして、後でちゃっかり合流するつもりだった。泥臭いフィールドワークを助手に任せて空調の利いた部屋で気楽に待ち、手柄を横取りする研究者の気分である。

「三宅、ちょー気まずいだろうね。黒滝と茉奈《まな》、一年生の頃付き合ってたじゃん？」

茉奈、は笹井の名前だ。

「へー」

「あ、知らなかったんだ」

「いちいち把握してられるかよ」

すべて追いかけるのは時間の無駄だ。戦国武将全員覚えるような、相当のマニア度と興味、執着心が必要となる。

俺にとって、イヤフォン切断事件、馬淵階段突き落とし事件の真相よりよほど、黒滝がどうしてここまで女と続かないのかが謎だった。黒滝は実際、今まで何人の女子と付き合い別れてきたのだろう。どうしてこうも続かないのだろう。思えば、多数の女子と別れているのに、交際中の悪評を聞いたことがなかった。やたら重かったり手が出たり、あるいはあまりに冷めていたりすれば、すぐさま噂が立ってしまうはずなのに。顔がいい、スタイルもいい、雰囲気イケメン、性格も悪くない、運動もできる、ちゃんと彼女を大事にしてくれる。それなのにどうしても続かない。甚だ疑問だった。

「あの人、何であんなに上手くいかないんだろうね、付き合い」

馬淵も同じように思っているらしい。

「実はメダカのフンが主食なんだ」

「彼女の足を引っかけて転ばす趣味がある」

「腹に十字の刺青がある」

「初デートが国会議事堂」

「突然叫び出す」

「背中に角が生えている」

「目からビームが出る」

「米をフォークで食べる」

「疲れた。ギブ」

「同じく」

二人とも燃費が悪い。ネタの質も悪い。

「そういえば昨日さ、妹に腹踏まれて」

馬淵がスマホ片手に話し始める。

「私を丸太みたく両足でジャンプして飛び越えようと思ったらしいんだけど、運動神経悪すぎて越えられなかったらしい。まじで死んだかと思った」

「腹が出てんじゃないの」

「出てないわ」

「ってか妹いるんだ。いくつ？」

「今小四」

「俺の妹と同い年だ」

「へえ」

「だよな。へえって感じだよな。だから何って特にないし」

「ってか私、もう帰ろうかな」

「部活は？」

「あ、私部活やめた」

え、という声が喉に張り付いて出なかった。驚く俺に構わず、馬淵は赤の他人について話すように言う。

「そそそ、やめたんよ部活。だからこれから放課後に卓球して遊ぶのをやめて、帰ろうかなと思ってる」

体の横にだらんとおろした手の指先に、スッと熱が落ちていく。

「暇になるからどうしようとか考えてたんだけど、妹がいつも遊んでる公園に不審者っぽい人がいて、小学生ズがかなり怖がってるらしく、こないだ頼まれたんだよね。誰かいてほしいって。その公園、ちょうど丸太のテーブルあるらしくて、課題やって時間潰しがてら、監視してやろうかなと思ってる」

「別の公園で遊べばよくね」

「ブランコがあるのが、その公園だけらしい」

「監視をする」

「そ、不審者の監視。部活やめて時間空くからちょうどいいでしょ」

「何で部活やめるの。怪我、そんなに重いの」

白いギプスは人工物感が強すぎて、嫌な予感が掻き立てられた。胃の底から痛烈な拒否感がこみ上げ、器官を上昇してくる。冷ややかさが喉にへばりついた。唾を飲む。

「いや、いい感じに捻《ひね》ったから、すぐ治る」

「『いい感じに』って……」

馬淵のあっさりした口調に絶句した。

「にしてもさ、三宅の頭はいったいどこぶっ飛んでったんだろうね」

ごく自然に話題は変えられた。馬淵の淡々とした態度は、きっとよほどのことがない限り乱れないのだろう。

「犯人捜しはまあ楽しそうだし、やりたくなるのは分かるけど。でも本気で捜すんだったら、もっと理性的な方法使わない？　聞き込みって、刑事ドラマかぶれだとしても、かぶれすぎじゃない？　ぶれぶれじゃない？　ラインで色々聞いた方がまだ早いだろうし。ていうか方針が的外れじゃない？」

辛辣な批判に苦笑した。それと同時に、小学生の頃から友達だった智樹のことは馬淵より分かっている、という当然の事実に嫌味でない優越を覚えた。

「的外れってのが、智樹の美学なんだよ」

「美学」

智樹の名誉のために、なるべくそれらしい、落ち着いた口調で言ってやる。

「テストの珍解答だってそうだろ。あいつは、的外れにこそ美学を見出す」

的外れなことが、時に価値を持つと信じている。

2

小学四年の夏、母が死んだ。

忌引きを限界まで延長して十日以上休んだ俺は、久しぶりの登校になることを不安がるほどの余裕もなかった。うだるような暑さも、さんざめくセミも、つい滴る汗も、何も気を引くに足らなかった。俯いてじっとしていると、熱を籠もらす布を頭にかぶっているような気持ちになる。外界の音が自動的に遮断され、自意識に沈みながら、ひたすら、自分が母を殺したも同然だという一つの思考にとらわれていた。周りの湿気の多い空気が動くたび、誰かが自分を指さし、責め立てているように感じられた。

「よ、おっひさー」

小四の智樹は、今よりもっとわんぱくで、暴れん坊で、軽率で、よせばいいのにと思うような言動が多かった。宿泊研修のとき、夜中に遊びで宿舎を抜け出そうとして、足を捻挫したこともある。途中帰宅は嫌だと怪我を隠し、俺が代わりに荷物を持ったが、誤魔化そうと必死だったのか、しきりに「陽介はオレの奴隷なんだぜ〜」と言いふらしたせいで、結局先生に叱られた。

「おまえ、土産は？」

智樹には、血縁的にも心情的にも地理的にも遠い親戚の葬式に行く、と伝えてあった。父親が、クラスなどで周知するのをよすよう連絡してくれていた。

「ない。そんなの。旅行じゃないし」

「はあ？　ふざけんな。ごみ、かす、粗大ごみ、爆弾おにぎり！」

もうおまえ博士になれ、アフロになれ、禿《は》げろーと、たったそれだけで球種豊富な罵詈《ばり》雑言を浴びせてくる智樹にかまってはいられなかった。憤然とランドセルを放り出すと、無視を決め込む。智樹は近づいてきて、ぐっと声を潜めた。

「聞いたぞ、おまえ」

「……んだよ」

「痴漢したんだってな」

突拍子もない話だった。呆れが脱力感へ転換される。疲弊していたが、沽券に関わるためさすがにスルーできず、毅然《きぜん》とした態度で否定しようと思ったが、つい喋りすぎた。

「してねえよ。人殺しだ」

言った瞬間、まずい、と思った。その焦りと冷え込む感覚をよく覚えている。誘導され、決定的な証言をしてしまった容疑者のような気分だったのだろう。智樹は首を傾げた。

「同じだろ、痴漢も、人殺しも」

キレそうになった。

「全然違《ちげ》えよ」

「似たようなもんだ」

「どこがだよ」

「どっちも、的外れだってことだ。お前には関係ない」

的外れ。智樹が好きだった言葉が、何度も頭の中でリフレインした。視界が霞んで揺れて、平衡感覚がなくなる。

智樹があのとき何をどこまで知っていたかは分からない。十日以上も休んだからなんとなく察していたのかもしれないし、戸は立てられない人の口から何か聞いていたのかもしれない。どこから伝わったのかと思いはしたが、その疑問が隅に追いやられてしまうくらい、智樹の強い口調に救われた。濃縮された苦しさや苦みに少しだけ水を注がれて、その濃度が低くなったような、気休めにしかならなかったとしても、気休めにはなった。

智樹は適度な的外れを追求している。的外れにこそ美学は宿ると固く信じている。智樹の的外れな言動は、大半はくだらないものだったとしても、しばしば侮れない。

数十分後、智樹、笹井、黒滝の三人が戻ってきた。「成果なし」と言う黒滝の声音が、もう全てを投げ出している。それを見て早々にサボりを決め込んだ馬淵が爆笑した。黒滝がむくれる。教室に出る前に座っていたのと同じ席に、浅く腰かけてふんぞり返った。

「いちお、報告しとく。大半のクラスには、二、三人、残って自習してく人がいる。が、俺たちのクラスは皆知っている通り、残って自習してく意識高い系はいない。智樹がイヤフォンを学校に忘れていった日に最後まで教室にいたのは」

「オレらだ」

智樹が口を挟んだ。

智樹がイヤフォンを忘れていった日、それを見つけた翌日。When ははっきりしていた。部活がオフだったのに、智樹の長いクソのせいで教室を出るのが遅くなった日だ。結果的に俺と智樹が最後に教室を出たことを、俺たちはきちんと覚えていた。

「そ。智樹と陽介なんだろ？　その時忘れてったんだから、事が行われたのはその後。教室に戻ってきた誰かがいたんだろうな。違うクラスの奴かもしんねえ。んなもん知るか。キリがない」

だよな。異論なし。と野次が飛ぶ。

「智樹が犠牲になったイヤフォンを見つけたのが翌朝だったたって言うから、うちのクラスで一番早く来た人を割り出した。村上《むらかみ》だった」

「さすが野球部」

「偉い、偉すぎる」

村上は我がクラス唯一の野球部員だ。毎日、教室に一番乗りだという。

まだ人のいない教室なら物や人が乱雑に入り乱れておらず、異物も発見しやすかったのではないかと思ったけれど。

「智樹の机の上に何か置いてあったか聞いたけど、知らん、覚えとるはずないだろ、とのことだった。実物を見せても首を捻るばかり」

笹井が大人びた溜息をついた。

「すっごい変な目で見られたよね、何でそんなこと聞くのかって。ちょっと迷惑そうだった」

「だな。こっちが悪いことしている気分だった」

黒滝が憮然《ぶぜん》とした吐息を吐くのを笹井が宥《なだ》める。黒滝が気を取り直し、再び話し出す。

「次に、馬淵が突き落とされた階段近くの教室にいた人たちを捕まえた」

「おお」

「素晴らしい」

俺と馬淵が調子のいい合いの手を入れる。サボり魔二人は黒滝の切れ長の目に一睨みされた。だがこれで折れるような素直な二人ではない。

「で？」

「どうなんだ？」

「この日、怪しい人を見なかったか、聞いた。空振りだった。何か気づいたことはなかったか聞いても、特に思い当たることはないらしい」

「やっぱそんなもんかー」

「そりゃそうだよ」

不審者が侵入していたら、もっと大騒ぎになっていただろう。怪しい人なんていなくていい。馬淵を階段から突き落とすくらい、誰にでも一瞬でできる。

俺は右手を握りしめて、その拳をズボンに強く押し付けた。布類の温かみは、人の体温を思い起こさせる。

「で、結論は？」

馬淵が聞いたのは、黒滝ではなく智樹だった。この場を取り仕切る存在であるからだろう。智樹は苦虫を嚙み潰したような顔になった。

「分からない、といえなくはないな」

馬淵が白けた目で俺の方を向く。芝居っぽく腕を広げた。

「結論。たかが高校生があれこれしたとて、推理小説みたいにはいかない」

「働いてないのに言うなよ」

俺は小声で釘《くぎ》を刺す。高校生のくせに、目に輝きがない。

「まあ、もう少し考えようぜ。せっかく面白いことが目の前で起こったんだ。このまますごすご引き下がってたまるか」

一応、体裁を整えるために、俺と馬淵も推理の輪に加わった。悶々《もんもん》と策を練る。結果、明後日《あさって》までに智樹と馬淵は『自分を嫌いそうな人リスト』を作成することになった。巻物になるかな、と馬淵がなぜか嬉しそうに騒ぐ。笹井が後見人らしく頬を膨らませた。

「オレたちは人気者だからな。どっかで誰かの恨み買っててもおかしくねえよ。それが動機かもしれない」

胸を張る智樹のことはもちろん誰もお構いなしだ。この中で最も人間関係クラッシャーの黒滝が、「高校生でそこまで人に嫌われることってあるかよ」と笑った。あるだろ。自覚しろよ。

それから二週間、俺たちは甲斐甲斐《かいがい》しく活動した。二人が作った、巻物とまではいかなくても、一面に名前が詰まった紙を手に校内を奔走する。黒滝は聞き込みの過程で仲良くなった女子と付き合い始めた。相変わらず手が早い。と思ったら別れ話をしたいとラインが来たらしい。最短記録だという。

　ＨＲが終わり、俺は昨日出し忘れた課題を提出しに職員室に行った。その帰る途中、校舎の裏側で黒滝とその彼女が話しているところを見た。夏へ向かう時季の陽光は、黒滝らを避けて世界を照らしている。その周辺の空気だけが冷え込んでいるようで、俯いて並ぶ二つのシルエットは惨めだった。

　友達の色恋沙汰をスルーできる高校生はいない。幸い、黒滝らは屋根のある場所で話していたため、反響して聞こえてくる声ははっきりしていた。

「ごめん。私が告白して、私が振るなんて。しかも、たった数日しか経ってないのに」

　数日なんて、ノリで付き合ってしまった中学生レベルだ。ラインで夜中に告白して、翌朝学校で別れる。そんなカップルがいたとかいなかったとか。

「本当にごめんなさい。ちゃんと本当に好きだったの。軽い気持ちだったわけじゃない」

　黒滝が不憫《ふびん》に思えてきた。話を聞く限り、黒滝は告白された側なのだ。それなのに数日で振られ、見苦しい言い訳のようなことを聞かされている。

「何か、俺に悪いところでもあったか」

　黒滝の声は、細く吐き出された。あっさりした口調なのに、なぜか縋《すが》るように聞こえる。黒滝はいったい何に縋るのだろう。今まで別れていった何人もの相手に対し、どうしてと問うている。

「……ないよ。付き合う前と付き合った後で、黒滝君の印象は変わらなくて、嫌いになった部分もなかった。常識人だよね、黒滝君。一緒にいて楽だった……たった数日の話だし、デートもたくさんしたわけじゃないけど。モテるからって、変に慣れた感じもないし、『付き合うって何⁉　どうすればいいの⁉』って一人で勝手にテンパることもないし」

「そんな人いる？」

「いるいる。ダサくて、こっちがもういいよって言いたくなる人。友達の元カレがそうだったの。付き合う前はすごいかっこいいのに、付き合った途端、もうダサいのなんのって。あれは彼氏にしちゃいけないタイプの人間だ。いいとこ見せたがりだったのかな」

二人が小さく笑い、重みが沈滞していた空気が少し和らいだ。

「重くもなかった。メンヘラでもなかった。噂には聞いていたよ、ちゃんと、普通に付き合える人だって。でも、私も所詮、皆と同じだから、皆と同じように感じるの。『あ、なんか、この人とは付き合えない』って。サユとかマコとか、他の子も口を揃えて言った、その意味が分かった。どうしても、何か違うと思うの」

屋根の下、陰になって見えない黒滝の表情を想像して、胸を衝かれた。俺の頭の中の黒滝の切実な瞳が、痛みを増していく。ぱっくり開いた傷口から、もう血は流れない。

「何でだろうね。何かが悪いわけでもない。でも、黒滝君とは付き合えない、無理って思った。本当にごめんなさい」

深く頭を下げ、女の子が去っていく。黒滝はその背を目で追わない。その今にも半透明になり消えていきそうな姿を見て、こんなにも華奢《きゃしゃ》だったかと驚いた。ここではないどこかへ行ってしまいそうと感じるくらい、頼りなく浮かんでいる。

少しして、黒滝が平坦《へいたん》な足取りで歩き出した。すぐ俺に気づく。俺は「よ」と片手を上げた。黒滝もそれに倣う。盗み聞きはバレていないらしい。黒滝がなんてことない口調で言う。

「俺、また別れた」

清々しく聞こえてしまうのが痛かった。表面を繕って、その下の混沌《こんとん》を巧みに隠してきた。

「……おまえいつも、告白する側?」

黒滝はカラリと笑った。

「いや。告白されて、振られる側。ほぼ百パー、そうだな」

やはりそうなのだ。こんなにいい男なのに、付き合っていて悪いところはなかったと女どもが口を揃えて言うのに、なぜだ。

「何でかな」

俺の疑念に、黒滝の放り投げるようなボヤキが重なる。声は掠れ、大切なものをそっと傷付けるような切なさと自棄《やけ》を孕《はら》んでいた。

「何でか、うまくいかない」

校舎の隙間から照らす日光で、黒滝の苦しげな顔が鈍く光る。

慰め方が分からず、俺は黒滝と同じ歩調で歩いた。二つ分の小さな足音に何か救いの意味を持たせたくて、足跡を整えるように丁寧に歩く。

どこか欠けているのだ。繕いようのない欠落があって、理屈では説明しきれない。

「何でなんだろうな」

遠くを見つめる寂しい目で零す黒滝に、もうやめろよと言いたくなった。告白されても付き合わなければいいだけなのだ。おまえが悪いわけじゃない。ただ何かがだめなんだ。自分から削られにいくなよ。傷付きにいくなよ。

教室に戻ると、智樹と笹井がいた。机を動かしている。近頃、犯人捜しに時間を取られているせいでやっていなかったが、その台もどきを見て久々に体が疼く。

馬淵の姿はない。本当に部活をやめたらしく、今日もすぐに帰ってしまった。妹たちが遊ぶ例の公園で、不審者の監視をしながら課題をこなす予定だと言っていた。

黒板にリーグ表を書いていく。一人分、一回り小さくなった表はどこか寂しい。ブランコに熱心な小学生への思いやりなんて捨てて、卓球だけして帰ればいいのにと思う。

西井さんは安定の観客で、参戦することも応援することもせず、今日も今日とて朗らかに微笑みながら車椅子の上にいる。

「へいへいへーい。笹井、おまえ最近調子悪くねえか？　負けが続いてるぞ」

笹井が悔しそうな表情でうちわを握りしめる。派手な模様で、露出の多いアイドルがプリントされたうちわだ。この一瞬だけをフレームに収めて切り取ると、笹井は非常に滑稽に映ってしまう。

近頃の笹井のプレーは精彩を欠いていた。バスケ部のフットワークが鳴りを潜めている。馬淵が部活をやめて落ち込んでいるからだろうか。そういえば少し前から、馬淵と笹井の仲はぎこちなくなっていたと思い出す。

参加者が一人少ない分、早く優勝者が決まった。今回は智樹だ。まばらな歓声が寄せられる。机を直す。その間に、西井さんは教室から出ていく。じゃあねと声を掛ける。

「そういえばさ」

智樹が切り出した。

「犯人捜しの続きなんだけど」

捜査は暗礁に乗り上げていた。頭の中の記憶スクリーンに、『たかが高校生があれこれしたとて、推理小説みたいにはいかない』と白けた顔で言った馬淵が浮かぶ。おまえどっか行ってろ、と心の中で追い払った。

「聞けよ。新たな局面を迎えるんだから」

智樹はカバンからイヤフォンの残骸を取り出し、机の上に置いた。教室の前方へ行き、チョークの粉入れを取ってくる。それをイヤフォンに振り掛けた。

「……何してんの」

「指紋、取れるかなーと思って」

弾んだ声と反対に、ネタのあまりの面白くなさに絶句した。笑いどころのないボケを、それなりに時間をかけてやられてもツッコみづらくて敵《かな》わない。

「俺、そろそろ帰ろうかな。彼女と別れたから、いつ帰っても問題ないし」

「私も部活行くー」

身支度を始める黒滝と笹井のリアクションが正解なのだ。そそくさと教室を出ていく二人と智樹を俺は交互に見ながら大爆笑する。

「さ、俺たちも部活行こうぜ」

最大限の労《いた》わりの気持ちで智樹の肩を抱く。口元のニヤつきが収まらない。

「今日、トライアル戦だよな」

バカは立ち直りも早い。俺はおうと頷く。

次の大会に向けて、ベンチメンバーを選ぶための部内戦が今日行われる。サッカー部は部員数がかなり多いため、Aチームからでさえ、ユニフォームをもらえない人が出てくる。俺らこそその危機にあるポジション筆頭だ。

ベンチメンバーは、スタメンに加えてあと数人。顧問はだいたい決まっているというが、最後のアピールチャンスとしてトライアル戦を置いている。ここで爪痕を残せれば、俺たちのようなボーダーラインの人間の入れ替わりが起こるかもしれない、ということだ。

試合の日は各々でウォームアップする。いつもより軽めのフットワーク。肩をほぐすと背筋が伸び、気分が上昇した。向かい合って準備運動をしていた智樹の顔も、徐々に真剣味を帯びてくる。

……ふあ、と欠伸が漏れた。

「何だよ。寝不足かよ」

「かな」

「最近ずっとだろ」

「夢見が悪いんだ」

言い訳になっていない言い訳で乗り切る。智樹に背中をバンと叩かれた。っしゃいくぞ、と俺も心を入れ直す。

自称熱血顧問は、鋭くホイッスルを吹くことを好む。キレのいい音と共にキックオフになった。センターフォワードの智樹が勢いよく飛び出す。

サッカーは見ていてつまらないと言ったのは、智樹の中学生の頃の彼女だったか。確かに、バレーやバスケに比べて展開はゆっくりだ。かなり広いフィールドにボールが一つ。ボールに触っている時間より、触っていない時間の方が圧倒的に長い。

でも違う。実際にプレイヤーになってみろよ。案外スピーディーにボールは回っている。一瞬でも気を抜けば、いつのまにか陣営が大きく動いていることもある。ふとした隙に、前方へロングパスが渡る。俺はセンターラインあたりから、智樹の前方へ足の長いボールを蹴り出した。智樹の足元に浮き球がきれいに収まって、ナイストラップという声が飛ぶ。両チームの緊張がぐっと高まる。シュートモーションに入った智樹に、いけ、と声にならない叫びをあげる。

智樹が片手を振り上げて咆哮《ほうこう》する。ハイタッチを交わしながら自陣へと戻る途中で、やっぱりキレのいいホイッスルが試合終了を告げた。0—1で、俺たちの勝ち。

メンバーを入れ替えて再試合をする。俺はラインズマンをしなくてはならなかったため休憩を取ることはできない。じゃんけんで勝ってしまった右手を恨みつつ、試合の流れに合わせて縦ラインに沿って動いた。反対側の縦ラインでは、同じくじゃんけんに勝ってしまった智樹が旗を振り回して遊びながら役目を果たしている。

試合終了。とりあえず全力で走っておけばガッツを買われるかもしれないと思った短絡的な部員らが、普段の試合ではありえない量の汗を掻き、息を切らしている。わざわざ顧問の周りで荒い呼吸をしている者さえいる。

結果、俺と智樹は、無事、ベンチメンバーに選ばれた。鈴木は安定のスタメンだ。鈴木の名前を呼ぶときの、監督の渋々感が癪だった。ただ次の大会では序盤で強豪と当たるため、かなり熱が入っている。さすがに個人的な好悪で外すわけにはいかないのだろう。

「うぇい陽介」

見ると、智樹がハイタッチを要求していた。うぇい、と手を叩く。

「おまえのパスのおかげだな。まあそのパスが輝くのもオレがシュート決めたからなんだけど」

「あのドフリーで外してたらたぶん俺殺してたわ」

「ボールから圧感じた。外したら殺すって。安心しろ、オレ、プレッシャーには強いんだ」

「知ってる」

やいやい言いながらグラウンド整備をする。トンボをかける速さを競った。振り返ると、自分らがひいてきたトンボの跡が面白いくらいに歪んでいる。

「智樹ー、陽介ー。終わったらラーメン食いに行こうぜ」

「おっけ、早く片づけよ」

「っしゃー」

自然とまた、トンボかけのスピードが上がる。

ユニフォームを受け取り、解散と同時に部室に駆け出した。着替えを素早く済まし、自転車に飛び乗る。

「腹減ったー！」

「まじでそれなー！」

「ラーメン何食おう」

食べに行こうといって集まったのは、ベンチメンバー中心の八人だった。二列縦隊で歩道を走る。前方からブレーキ音が飛んでくる。

「ちょおまえ、急ブレーキすな！」

「前から歩行者！」

列が乱れる。隣にたまたま並んだ鈴木に、「おまえもラーメン、食うんだ」と声を掛ける。

「そりゃ食べるよ、ラーメンくらい」

不貞腐れたような物言いに、弾んだ色が混ざっている。鈴木の顔を見ると、その口角が上がっていた。ペダルを思いきり踏んで、一気に加速したくなる。風が吹いたために、声を張り上げる。

「だっておまえ、細いから！」

「そんなことないし！」

「いやあるだろ！」

「ない！」

意地を張る鈴木がおかしい。

サッカー部行きつけのラーメン屋に、むさくるしい男が八人なだれ込む。券売機で買って注文し、その後で席に着く。

「まじでいつ来てもうまそうなにおいするよな」

「な。嗅ぎにだけ来てもいい」

「ちゃんと金払えって」

八人もいるから、さすがに一斉には注文の品が届かない。来た人から食べ始める。湯気に顔を突っ込んで、掻き込むようにして食べる。男子高校生なんて、だいたい腹が減っている。駅の立ち食いそば屋で朝食を済ませるサラリーマンよろしく、さっと食べてさっと店を出た。

「この後マック行くか！」

「胃袋お化けかよ！」

日が傾き、街のところどころで眩《まばゆ》いオレンジ色が光っている。西の空が燃えていた。赤みがカーテンの襞《ひだ》のように、陰影をはっきりさせている。

「いやもう帰ろうぜ。母ちゃんにユニフォーム自慢したいし」

「おまえマザコンかよ！」

「っせ。父さんにも弟にも見せるよ、悪いか！」

今日という日をしまいにかかる街中を、俺たちが生きているのと同じスピードで、つまり爆速で、自転車に乗って駆ける。夕日が眩《まぶ》しくて、でも目を瞑《つぶ》ると危ないから、瞼をこじ開けて突き進んでいく。

駅で鈴木らと別れ、智樹と一緒に電車に乗る。「腹膨れたー、おまえはどうだ」と腹の肉を摘まんでこようとする智樹の頭を殴る。「暴力！」

智樹とは別の駅で降りた。放置自転車が散見される駐輪場から、カゴに枯葉が入った自転車に挟まれた、自分の自転車を取り出す。こっちは中学生の頃使っていた古い方で、スタンドロックを蹴ると車体が上下に跳ねた。ユニフォームの分だけ、リュックが重い。けれどその重みがとても嬉しい。自転車がいつもより軽い力でぐいぐい進んでいくから、周りの景色があっという間に後ろに消えていく。

家に着き、自分でカギを開けてドアを開いた。ただいまと言う前に、女物の靴があることに気づく。金村さんが来ていると察するまでは一瞬で、そういえば昨日、父がそんなことを言っていたと思い出すまでは長かった。ずるずると気が引き摺られていく。高揚感がみるみるうちにしぼんでいく。

部屋に入ると、台所に立っていた金村さんに、「お邪魔してます」と微笑まれた。俺も会釈を返す。父は作業をしながら「おかえり」とぼそりと言った。一番年長者で、この場の責任者であり仲介者である父が最も愛想がなくてどうする。

もう何度も嗅いだ、〝家庭のカレー〟のにおいが薄く部屋全体に広がっている。

金村さんは来ると必ず、カレーライスを作る。他にも料理はするらしく、得意料理は麻婆豆腐《マーボーどうふ》と聞いた。でもカレーライスを作る。亡き母の得意料理だったカレーライスを作り続けることに強いメッセージ性を感じるが、今のところ、俺はそのメッセージを読み解くつもりはない。母の味に比べて、絶対的に、何かが足りないカレーライス。金村さんも試行錯誤して同じ味を作ろうとしてくれていると聞いた。ヨーグルトを入れ、チョコレートを入れ、トマトを入れ。母の隠し味は何だったのだろう。そもそも隠し味なんてものを入れるような、繊細な人ではなかったはずだ。聞いて確かめたいのは俺もだったが、過去は冷たい石のように口を閉ざし、問いただすことはできない。

毎度カレーだけじゃなんだから、とカレーに加えて数品、食卓に並ぶようになった。凝った盛りつけのサラダやアスパラベーコン巻きが、食器棚の奥底に眠っていた洒落た皿の上で行儀よく座っている。美味しそうだ。我が家ではこんな手の込んだ食事は縁遠かった。シングルファーザーに多くを求めるのは酷だろう。でもそれで、満足していたのに。それでよかったのに。不満なんて一つもなかったのに。

「いっぱい食べてね」

いつものセリフだ。はいと返事をする。カレーライスは美味しい。けれどやはり、何か足りない。

最初はよかった。が、すぐにお腹に入らなくなった。原因は分かりきっている。帰り道で食ったラーメン。

金村さんには妹の千夏がずっと話しかけているが、時々、俺の方にも自然に話を振ってくる。その間だけはせめてとせっせと手を動かした。いつもの父が準備する食事ならシンプルなぶん、部活帰りに何か食べて帰った後でもお腹に入るが、金村さんはいかんせん豪華だから、ずっしりとお腹に溜《た》まっていく。

誰か教えてくれよ、と思った。外食をして帰り、夕飯を食べるのがきついとき、どうするのが正解なのか。正直に言うべきか、どこまで無理するのか。金村さん相手だから、気を遣っているのだろうか。もし母相手だったら、遠慮なく「もう食べられない」と言えていたのだろうか。

もしもの仮説。胃の底が抜け落ちるような喪失感が芽生えた。もし母だったらこうしていたのに。そんな想像は、実体のない物を摑みにいくようで、あまりに虚《むな》しい。

結局、無理して平常時と同じ分だけ食べた。お腹が苦しい。

散らかしていた荷物から、部活の練習着などの洗濯物を取り出す。ユニフォームを引っ張り出した。

「あ、お兄ちゃん、ユニフォームだ」

ん、と軽く点頭した。金村さんが顔を輝かせる。

「そうか、サッカー部だって言ってたね。大会があるんだっけ」

まあ、はいと答えて、なんとなくユニフォームをリュックにしまい直した。そのまま背負い、自室へと向かう。

煮え切らない、正確に言うならば感じの悪い態度を取っている俺に対しても、金村さんは優しく接する。いつかは分かり合える。受け入れてくれる。滲み出る期待や妄信が、悪い人ではないという分かりきった事実をさらに裏付けていく。悪い人ではない。もう分かった。いい人だ。そんなことも知っている。もうかれこれ五回以上会って、父もよく考えて選んだということは十二分に伝わった。でもだから、何だというのだ。

大会はこっぴどく負けた。俺も智樹も出たが、チーム全体として全く歯が立たず、0—5の大敗北を喫した。悔しさに焼かれた。くだらないゲームだった、失望したと憤激する顧問の罵声もまるで気にならないくらい、悔しさでいっぱいになった。きっと大半の部員もそうだったのだろう。終わってからも、顧問に対する愚痴は一切聞かれない。次こそはと固く誓った。

「今日、美和さん、お兄ちゃんの試合、応援に行ったんだよ」

帰ってスマホを眺めていると、千夏に言われた。そういえばユニフォームを見られていたんだっけ。試合の日程はカレンダーを見たのか、父に聞いたのか。げんなりする。と同時に、試合中に気づかなくてよかったと心底ほっとした。集中などできたものではない。が、次の瞬間、またげんなりした。

「今晩も美和さん、来てくれるんだって。楽しみ」

千夏が金村さんを気に入っていることは間違いない。だが、再婚についてはどう思っているのだろう。再婚というものをおおよそ理解しているはずの年だった。それにも拘《かかわ》らず千夏の金村さんに対する態度は、義母というより、仲のいいお姉さんかおばさんのようで、それにも混乱する一方、仕方ないかという諦めの感情もある。母が死んだのは、千夏がまだ三歳のときだ。もうそれまでの記憶などほとんどないに違いない。写真やビデオレターの中の女の人への愛着は、父や母が期待しているほど強くはないのだろう。

「お兄ちゃんさ」

千夏がふと口にしたくなった、という口調で言った。そんな風に聞こえるよう、わざとそれらしい話しかけ方をしたのだと分かる。小学生の演技なんてそんなものだ。

「何?」

「……やっぱ何でもない」

千夏は唇を軽く引き結んだ。そのせいで顔が少し下を向いて、表情に薄い影の膜が張られる。

そ、と俺も相槌を打つ。

今日は麻婆豆腐も作ってくれるんだろ? 楽しみだな。刺繍はまだ教えてもらってるんだろ? 今、何作ってるの。

聞こうとして、でも聞きたくなくて、楽しみなんて嘘でも言いたくなくて。俺は千夏を真似るように唇を引き結ぶ。千夏は金村さんによく懐いていた。俺とは正反対。だからこそ、その両目に俺はどう映っているのか、考えるのが怖かった。態度を一向に柔らかくしない兄。試合で惨敗したところを見られている兄。みっともないと思われているのかもしれない。

金村さんが来るまで、たぶんまだ時間がある。荷物を置いて、部屋を片づけて、気持ちを整えて。

玄関でドアが開く音がした。父と金村さんが同時に入ってくる。千夏が笑顔で出迎える。呻《しん》吟《ぎん》していた母の姿がフラッシュバックして、眩暈《めまい》に襲われた。千夏の笑顔と、父の思わず綻んだ表情と、顔を歪める母とがランダムに目の前に出てきて、チカチカと瞬《また》いている。叫び出しそうになる。

「陽介君、試合見てたよ。結果は残念だったけれど、すごい活躍だったね。お疲れ様」

変に慰めることもしなければ、気に障る助言めいたことも言われない。優しさや気遣いは、どうしてこうも俺を子供にしてしまうのだろう。

試合で疲れたからか、その日はすぐに眠れた。夢を見る。飛び起きた。枕を一回殴り、また眠る。

次の月曜日、鈴木は退部届を提出した。

3

その日の昼休みの廊下は、ちょっとした修羅場と化した。智樹が鈴木の退部を止めようとして騒いだのだ。本人は騒いだつもりはなくても、バカで、声が大きく、図体《ずうたい》がでかい男子が小柄な男子に詰め寄っている時点で、事件性すら感じる。

「おまえ、大会悔しくなかったのかよ。やめるなよ。次こそ勝ちに行こうぜ。おまえがいなかったら勝てるもんも勝てねえよ。顧問がきつかったらオレが言ってやる。差別は法律で禁止されてるからな。あいつを牢屋《ろうや》にぶちこんでやるよ。先輩引退した高二が部活やめてどうする。今が一番羽伸ばせるときだろうが」

言葉を尽くして必死に説得する智樹を教室内から見ていた黒滝が、不思議そうに俺を突《つつ》いた。

「あいつ、何で止めようとしてんの。鈴木がいない方が、試合出れる確率高まるだろ」

「……男の友情ってやつだよ」

言った直後に恥ずかしくなった。黒滝が眉根を寄せる。

「……くさい」

「……屁《へ》こいたんか。でかい声で叫んだろうか。次の彼女に言ってやろうか」

智樹の必死の説得は叶《かな》わなかったらしく、不機嫌なまま帰ってきた。

「何だあいつ、何でやめるって聞いてもずっと口籠もりやがって」

智樹が椅子の足を蹴って、金属同士がぶつかる不快な音が教室に響き渡った。相当怒っている。見かねた笹井が近寄ってきた。

「家庭の事情とか、どうしようもないかもしれないいんだから」

さすが笹井、大人の発言だ。だがそれを聞いて、智樹はいっそうむくれた。

「んなこと知るかよ。オレは鈴木と一緒にやりてえんだ」

ラーメンを食べに自転車を走らせたときの、鈴木の弾んだ横顔を思い出した。俺ももちろん、鈴木にやめてほしくはない。けれど、そんな我儘《わがまま》なことを智樹ほど真っすぐに恥ずかしがらず言えるほど純粋ではなかった。バカは言葉に嘘がない。

自称進学校にふさわしく、課題が大量に出された夏休みが始まる。時が経てば智樹も冷静になるだろうと思ったが、八月になっても智樹は不機嫌なままだった。部内では『顧問に嫌われすぎて嫌になった説』が主流で、話を聞けば聞くほど、鈴木への当たりが強かったことを思い出し、信憑《しんぴょう》性がある噂に思えた。気分屋の智樹は、日に日にプレーが荒くなっていく。顧問に怒鳴られても、怒鳴り返してしまう。今に怪我人が出るぞと陰で囁かれた。

千夏から、公園に毎日いる、ただ佇《たたず》んでいるだけの男性の存在を聞いたのも夏休みだった。千夏が毎日遊んでいる近所の公園で、ブランコと噴水があるという。その話にぴんときて、確認すると、いつも遊んでいるメンバーの中に馬淵の妹もいることが発覚した。千夏が通っている小学校は、数年前、隣の学区の小学校と合併した。だから、俺や智樹の小学校と馬淵の小学校は違っても、妹たちが同じ学校に通うことになったということだった。

それを聞いて初めて、馬淵と俺の家が近いことも芋づる式に発覚した。使っている電車も一緒だった。今まで知らなかったことが不思議だったが、それは馬淵がホームルーム三十秒前にしか教室に入れないような、ギリギリの時間の電車に必ず乗っていたからだろう。

馬淵は立派な姉として、不審者が変な気を起こさないか見張るため、妹が遊ぶ日は公園に付いていっているらしい。

「だって、毎日ずっと同じ場所にいるんだもん。何もせずにだよ？　それまで遊んでる間はすごい怖かったけど、今は理央ちゃんいるからね。すごいありがたい。友達も皆感謝してる。けど、理央ちゃんばっかで申し訳ないな。かわいそう」

「同情するなら別の公園に行けよ。ブランコも噴水も諦めろ」

「それだけは嫌なの」

勝手な生き物たちだ。

本当に馬淵はいるのか、公園に行って確かめた。アスレチックレベルの遊具がたくさんあり、二つのエリアから成る広い公園で、不審者らしき男性と馬淵は小学生とは違うエリアにいた。なるほど、これなら友達の姉が同じ公園にいるという気まずさも発生しない。馬淵は棒アイス片手に、日よけの付いた丸太テーブルで膨大な量の夏休み課題を進めていた。熱中症の危険がある夏、誰のため、何のためにここまでするのだろう。妹たちのため？　それだけで、こんな苦労は背負えまい。噴水とブランコを諦められないなら、連れ去られても知らないと放っておけばいいのに。

「暇だから。部活やめたし。家で課題とかしたくないから」

馬淵は言い訳をするように滔々《とうとう》と理由を並べた。

男性は時折時計を見ながら、小学生ではなく、ただ公園の入り口を眺めて立っている。遊んでいる妹たちには、おそらく関心がないように見えた。

「あの人、いつもいるの？」

「大抵いつも、らしいよ。我が妹によるとね。私が監視するようになってからも、だいたいいる」

「確認するために来てるの？」

「そう。別に妹の安否とかかわりとどうでもいい」

「わざわざ？　こんなくそ暑い中、毎日？」

「そうだけど」

「変な趣味だな」

「だね。二十個も離れてる年下が好みって、社会的に不利すぎるよね」

「違う、おまえだ」

「え？　私ロリコンじゃないんだけど」

「そうじゃなくて、そのこだわりが異常だ」

「だって暇だもん」

捕まらない二つの事件の犯人。部活をやめた二人の同級生と、不機嫌な智樹。水遊びする小学生と、公園の入り口を見つめて突っ立っている男性。無意味な見張りを続ける馬淵。

不穏な気配を濃厚に保ったまま、夏休みは進む。母の命日の前日——家族で墓参りに行く日の前の日に、俺は一人で墓地を訪ねていた。木製の桶《おけ》と柄杓《ひしゃく》はやたら軽い。母の墓石は、その墓地で最も早くに日が当たる場所にある。靴越しに硬質な石段の感覚が伝わるたび、緊張感が増していく。いつになったら俺は、ここを穏やかな気持ちで訪れられるだろう。

花立てには、色鮮やかな花がさしてあった。水滴が滴り落ちる。まだ花は枯れる気配がなく、墓石全体が艶《つや》やかに濡れていて、俺の少し前に別の誰かが来て掃除をしていったことに気づいた。父は今日仕事で、千夏が自転車で来られるような距離ではない。親戚の誰かだろうか。それとも。

呼吸をするたび、熱気が肺を満たす。セミの賛歌が耳を刺す。純度の高い青空に浮かぶ入道雲が不吉な気配に思えて、俺は固く目を閉じた。眩暈がして、瞼の裏にあの日の映像が流れる。やめろ、思い出すな。自分への警告は空《むな》しく掠れて、壊れたブルーレイのように、もう停止ボタンは利かなかった。

「まあなんとかなるでしょう。大丈夫、全然たいしたことじゃない」

楽観的な性格が災いして、母の肺の病気は発覚時点でかなり進行し、もはや手遅れの段階まで来ていた。発作を繰り返し、血を吐き、真夜中に呻《うめ》く。何ヵ月にもわたる死闘とも呼べる痛々しい闘病生活を間近で見ていたのに、「なんとかなる」という母のセリフを信じ、一時退院と自宅療養に賛成してしまったのは、その数週間、珍しく調子が良かったからだろう。信じたというよりは、期待していただけなのかもしれない。

父は千夏と買い物に出ていて、家には俺と母しかいなかった。その頃俺はブルーノというバンドにハマっていて、ライブ映像をYouTubeで片端から漁るのが趣味だった。ブルーノは智樹の紹介で知ったが、数ヵ月で古参の智樹を凌《しの》ぐほどの知識を付け、カラオケでは一時間、ブルーノの曲を歌い続けた。熱しやすく冷めやすい智樹が飽きても、一人で追い続けた。

イヤフォンを耳にきつくはめ込み、パソコンの横にコーラを置いて、何時間でも画面を見続けた。伝説と言われた、ある年のツアーファイナルの映像。やかましいとさえ言える、怒号に似た、地鳴りを起こすほどのコール。ボーカルの、魂に刃を突き立てていくようなゾーンに入り込んだ表情と、胸を穿《うが》つような歌詞。そのどれもに夢中だった。

だから、その間に、母が階段を下りている途中で発作を起こし、階段から落ち、そのまま死んでいたなんて、思いもしなかった。

母の死の直接的な原因が発作なのか、階段を落ちたときに頭をぶつけたからなのかは確認していない。けれど、家に帰ってきた父が俺を呼ぶ緊迫した声と、まだ幼かった千夏の絶叫は、あの日見た血糊《ちのり》のようにベッタリと、いつまでも耳に張り付いている。階段の手すりについた血痕は早々に乾いて赤黒く変色していたのに、母の口の周りに付着した血の色はまだ湿っていて、今にも滴りそうだった。

呆然《ぼうぜん》とそれらを見ていると、ブルーノの曲が耳に蘇った。きつくはめていたイヤフォンの感覚も付随して蘇り、耳の痛みを感じた。耳鳴りが激しくなった。高い音の輪唱の輪が、次第に大きくなっていった。音楽を爆音で聞いていたから、母の異変に気づかなかった。家にいたのは自分だけで、自分が気づかなければならなかった。自分しかいなかったのに。

自分のせい。そう思えば思うほど、聞き逃したはずの物音を、実際自分は聞き流しただけなのではと思えてきた。母が苦しみ始める呻き声を、聞いたような気がする。階段を人が落ちる大きな音が、したような気がする。助けを求めて俺の名前を必死に呼ぶ声が、聞こえていた気がする。気がするだけで、そんなのは聞こえなかったはずだ。でもそれを裏付ける根拠も、否定する根拠もない。確かめようがないというのは、限りなく辛い。

すぐ気づいて、救急車を呼べなかったことを後悔していた。音楽を聴いていなければよかった。イヤフォンをしていなければよかった。バンドを紹介してくれた智樹さえ、筋違いだと分かっていても恨んだ。

もし、自分が音楽を聴いていなかったら、すぐに母を助けられていたら、母はあの日、死ななかったかもしれない。

七年経った今でも悔やんでいる。あれから一度も、ブルーノの曲を聞いていない。

第三章

1

行くあてのない熱気が積み重なって、教室の中で蠢《うごめ》いている。酷暑の中での学習は非効率的であるため、夏休みが設置されていると聞いたことがあるが、なら九月になっても気が滅入るような暑さが続くなら、夏休みの延長を検討するべきではと思う。夏休みが意味するのは、暑けりゃ学校に来なくてもいい、ということなのだから。

「だらだら漫然と一日を過ごしていても、目的を持った進歩ある一日を過ごしても、同じ一日が消費されていることに変わりはないです。どうせ一日を過ごすなら後者でしょう。昨日の自分より成長した今日の自分に出会いたいと思いませんか？　私はいつもそう思って生きています。その日その日を、地球最後の日と思って過ごしています。私はね、一分一秒無駄にしない人間なので。皆さんもぜひそうしてください。有意義な毎日に絶対になります。私が保証します」

坂下先生の話は今日も長い。じっと聞いているほどの忍耐力がなくて、隣の席の人と目配せをする。

「自分の話になると、特に長くなるよな」

「よほど自分の生き方に自信を持ってるんだろうね」

「羨ましい限りだ」

「たぶん、何かに悩んだときでさえ、こんなことをこういう風に悩むことができる私すごい、とか自分を絶賛するんだろうね」

「……そろそろやめとこか」

二人で隠れて苦笑する。

話の短い大人になりたいとは思う。だが、部活の後輩の一年生に長々と説教する同級生を見て、背筋に冷や汗が滲んだ。経験は語りたくなるものなのか。話し手は自分の過去に夢中になって、聞き手は今過ぎ去っていく時間ばかり気になってしまう。

鈴木が部活をやめたショックが夏休み終盤には徐々に落ち着いてきた智樹に、「ちょっと来いよ」と呼ばれ、教室から出た。渡り廊下の奥、人気のないあたりまで連れていかれる。いつになく真剣な両目と対峙《たいじ》して、急な崖の先端に立ったような逃げ場のなさを感じた。

「おまえさ」

智樹が小さく息をついた。

「オレに、言うことあるだろ」

単刀直入だった。何と答えたものか。たっぷり三秒、自身の暴れる拍動を押さえつけて、努めて冷静に俺は言った。

「ないけど。どうかした?」

あった。いくらでもある。謝らなければならないこと、説明しなくてはならないこと。その相手は、智樹だけではなかった。

智樹は長い間黙り込んでいた。俺もそれ以上とぼけることはしなかった。気詰まりな沈黙が生まれて、放射状に広がって、校内の喧騒《けんそう》と少しずつ混じり合っていく。

ガン、という音が響いて、突如その沈黙が壊された。音の主の方を見ると、一人の男子生徒が自販機を蹴りつけている。ガン、ガン、と何度も足を振り回し、果てにはごみ箱に体当たりした。突然のことで何も言えずに、智樹と二人で呆気《あっけ》に取られてそれを見つめる。

憤然として荒ぶるその男子生徒は、最後に低く咆哮して、乱暴な足取りで去っていった。

「怒ってたな。知らない人だけど」

俺が強張っていた肩から力を抜きながら言うと、智樹が舌打ちした。

「物に八つ当たりするなよ。オレも誰か知らないけど」

智樹は節度を守る人だ。バカだし、バカなことはするけれど、超最低限の常識はある。

「たぶん、悪いことをした自覚はあるんだよ」

擁護したいわけではなかった。ただなんとなく、これだけは言いたかった。いつかの自分の言い訳をしたかった。

「いけないと分かっていながらやったんなら、必要なことだったんだろ」

本当に？　自問自答した。そんなはずはない。ストレス発散なら自分のものを壊せ。無関係な物に当たるな。八つ当たりは幼稚だ。そんな意見が正しいのだろう。でも、間違ったことを、間違っていると分かったまま、してしまうこともある。どうしようもなく、体がそう動いてしまうことがある。衝動を抑えられないことがある。

「そっか」

智樹はそう答えて、一つ息を吐いた。それきり吹っ切れたような表情で来た道を戻ろうとする。爽やかな風が智樹の髪を揺らし、首筋をそっと撫でた。

「待てよ」

俺は小走りで追いついた。

「おい、もういいのかよ」

「いいよ。おまえ、心当たりないんだろ」

「ない」

「ならいいや。いいってんだろ」

「おまえ、急に呼び出しといて何なんだよ」

自分の白々しさが罪悪感を増幅させて、俺は視線を落とした。学校指定のスリッパは、もう色が褪せてきている。底が一歩歩くたびに少しずつすり減っていく。今ならその微々たる変化さえ感じられる気がした。

「オレ、犯人捜し、もういいや。やめる」

「イヤフォンと、馬淵？」

「そ」

「何で」

「飽きたし、もう日が経ってるし。他の奴らにも、後でそう言っとく」

「聞いていいか」

自分は聞かれたことに誠実に答えなかったくせに、卑怯《ひきょう》にも尋ねる。

「おまえ、もともと本気で、犯人見つかると思ってたのか」

智樹は肩を竦めた。

「全く。オレだって、そこまでバカじゃない。本物のバカではない」

いやおまえのバカは本物だろうと思ったが、余計なことは言わなかった。智樹は的外れにこそ価値はあるという美学を持つが、この一連の遊びで、何か価値は得られたのだろうか。

何のために犯人捜しをしていたのだろう。どうして急に諦めるのだろう。

俺は体育委員としての集まりがあるため、途中で智樹と別れ、会議室へ向かった。今月末には体育祭がある。それに向けての重要事項や伝達事項の確認などの、つまらない会議だ。

唯一メモのためにシャーペンを握ったのは、種目に新しく借り物競走が加わったことだった。競技説明を読んで、楽そうだなと思う。普通のリレー競技ほど、全力疾走を求められていない。坂下先生が提案したらしい。坂下先生は体育委員受け持ちでもある。教室の端のパイプ椅子に座って、委員長の説明にわざとらしく相槌を打ちながら、特に面白いこともないだろうに、整った笑顔をキープしている。最後の締めとして、「借り物競走は、病み上がりの人、怪我などで全力で走れない人のために、私が提案して実現しました。ぜひ体育委員の皆さんの配慮のもと、種目決めを行ってください」と言った。私が、という一言に自己愛が透けて見える。

体育祭と文化祭は同じ日にある。自称進学校の前々校長が、学校行事で勉学に励む時間が潰れるのは惜しいと一日にまとめてしまったらしい。青春を謳歌《おうか》したい高校生に対する冒瀆《ぼうとく》であり、迷惑極まりない。それ以来、この高校の志望者は一気に減り、おかげで俺や智樹はたいして勉強せずとも合格できたのだから皮肉なものだ。

自分の後ろの席に鈴木が座っていると気づいたのは、会議が終わってからだった。夏休みの部活でどっぷり日光漬けになった俺と違い、日焼けしていない鈴木は、俺に気づくと、あ、と間抜けな面をさらした。もともと感情が希薄な鈴木からは、気まずさは感じられなかった。俺も何の気なしに話しかける。

「なんか久しぶりだな。外、出てないだろおまえ」

鈴木は軽く目を見張った。

「唐突すぎる」

「ああごめん、日焼け具合的に」

「ああ」

鈴木は納得したらしく、表情を緩めた。

「まあもともと僕、あんまり焼けないタイプだけどね」

「女子に殺されるぞ」

二人で教室を出て、その流れで並んで歩く。肩幅の狭い、華奢な鈴木と歩いていると、不思議と清涼感があった。

「おまえのせいで、智樹の機嫌が夏休みの間、ずっと悪かったんだけど」

「僕？　何で」

「部活やめたからだろ」

鈴木は後ろめたそうに目を逸らした。言い訳をするかのように早口になる。「僕がいなくなったことで、レギュラーの枠が増えたんだから、三宅にとってはいいことでしょ」

「俺もそう思うけど、でもあいつは正々堂々、レギュラーを奪いたい奴だ」

「厄介な」

「あと情にも厚い」

「もっと厄介な」

「顧問、嫌だったのか」

少し切り込んでみた。鈴木は表情を変えない。涼しい顔で肩を竦めた。

「いや。動物園の吠えるライオンってこんな感じだったなあって懐かしく思ってた。のそのそ歩き回って、肉に嚙みついて、柵に体当たりして。僕昔、動物園の近くに住んでたんだ。動物園って、独特の臭さがあるでしょ。あれを思い出して、小さな頃の記憶がいつも蘇ってた。よく一緒に行った幼馴染《おさななじみ》の女の子が池に落ちちゃったこととか。その子のこと、幼稚園の頃好きでさ、菜の花の押し花プレゼントしたんだ。ちっちゃい虫が挟まってたよ」

鈴木は幸福なおとぎ話のワンシーンを見つめるように、眩しそうに目を細めた。

「でもその女の子は、虫なんて見てなくてさ。純粋に、わあきれい、ありがとうって言うんだ。よくよく考えたら押し花だって園児クオリティで、下手くそだったはずなのに。怒鳴られるとその子の色んな表情を思い出すんだ。笑顔が一番多かったな」

熱心にプレーし、顧問の理不尽な叱咤《しった》をやり過ごしながら、考えていたのがそんなことなんて思いもしなかった。

鈴木は教室の方へ向かう渡り廊下を行かなかった。代わりに階段を下りていく。別れるタイミングを失って、付いていくことに決めた。鈴木の歩き方は大人しい。真夜中の空気の動き方に似ている。音もなく、色もなく。

校庭では野球部が練習を始めていた。疎《まば》らな掛け声を均一な足音が埋めていく。今日も今日とて晴天で、寒色であるはずの水色が夏にはなぜか暑苦しく感じられる。

「どこ行くの」

「自販機。水が欲しい」

先ほど男子生徒が蹴っていたせいで、自販機は下の方がかなり汚れ、取り出し口を覆うプラスチックカバーには罅《ひび》が入っていた。ここまで強い力で当たっていたのかと今さら驚く。

「悔しくなかったんだ、試合。ボロ負けしても」

キャップを捻りながら、そうして自然さを装いながら、鈴木は零れ落ちるように呟いた。唇の端に自嘲的な笑みが浮かんでいる。

「全く、悔しくなくてさ。ただ、悲しいだけで」

溜息がわずかに震えていた。

「悲しかっただけなんだ」

俺は校舎の壁に寄り掛かりながら首を傾げた。

「ごめん、分からん。詳しく」

はっきりそう伝えた。人の感情の機微を、分かっていないのにとりあえず頷き、自分の中にある別のものと置き換えて分かった気になる。それだけはしたくなかった。坂下先生に、深読みするなと舌打ちしたかった球技大会の日を思い出す。君の気持ちは分かるよ。あなたの考えはこうでしょう？　反吐《へど》が出る。無責任を背負うつもりはない。

「試合に負けても、悔しくないんだ、僕。その代わり、悲しい。悔しさはバネになる。次に繋がる、プラスの側面を持った感情だ。けれど、悲しいとしか思えなかったら、ただしんどいだけだ」

鈴木はペットボトルをあおった。透明な水に日の光が反射して、七色の鮮やかな光が表面で躍る。口もとを拭っているとき、鈴木は初めて自販機の汚れや破損に気づいたらしく、動きを止めた。

「こういうのとかさ、落書きとか見つけてさ、朝礼で先生が言うでしょ。悲しいですって。あれ、共感できる？　僕、できたことないんだけど」

「俺もない。でもそんなもんだろ」

定型文に実体はない。自分のものが対象であれば話が別だが、壊された自販機を見て、壁に書かれた品のない落書きを見て、悲しいとは思えない。

「じゃあさ、これはどうだろう。ずっと仲良くしてた親友が、引っ越すことになったとして。羽山は寂しいと思う？　切ないと思う？」

「……寂しい、かな」

「うん。僕もだ。ちなみに僕の友達は、切ないって言った。実際に、切ないなって言いながら泣いたんだ。こういう違い、あるでしょ」

「言い方の違いだろ」

鈴木は眉を八の字にして、唇に力を入れた。傷付いているような表情に見えて、俺は閉口した。

「全然、違うんだ。僕にとっては。切ないのも寂しいのも、悔しいのも悲しいのも。僕、よくよく考えたら、悔しいって思ったことがこれまでに一度もなくて。他の人が悔しがってる場面で、悲しいってずっと思ってた。昔の作文だってそうだった気がするんだ。運動会の絵日記で、優勝できなくて悔しかったって皆が書いてるのに、僕一人だけ、悲しかったって書いてた。たぶん人には感じやすい気持ちと感じにくい気持ちがあって、どうしても僕は、悔しいってならないんだ」

分かるような、分からないような。ただ、普段自己主張を滅多にしない鈴木がここまで必死に話しているのに、完全に理解しきることはできないと自分が諦めていることが申し訳なかった。鈴木にはきっとどこか欠けた部分があって、俺にとっては取るに足らない些細なこととしか思えなくても、鈴木にとってはあまりに重大で、切実な問題であるのだ。

どこか欠けている。その感覚を、恐怖を、辛さを、たぶん俺は知っている。だから俺は、何も言いたくなかった。何でか上手くいかない。項垂《うなだ》れる黒滝の横をただ同じ歩調で歩いていたときのような温度感でいたかった。けれど。

「いいだろ、それで」

一ヵ月間、不機嫌だった智樹を思い出す。きっと智樹には、今の鈴木の話が、俺の十分の一も理解できないだろう。でも智樹は、きっとそんなこと気に留めない。戻ってこい。その純粋な気持ちだけで行動できる。相手への臆病な気遣いを優に越えていく。ここに智樹がいればよかったけれど、いないなら仕方ない。智樹の代わりに、今だけは無神経になろうと決める。

「別に、一人だけ温度が違ってもいいだろ。皆が悔しがってる横で、おまえ一人だけ悲しんでろよ。別に、変な状況じゃないだろ。悔しいのだって、おまえが悲しんでるのと同じくらいのしんどさはあるだろ」

「嫌だよ。どうせ悲しくてしんどいんだって分かってるのに、やるのは嫌だ」

「サッカー自体は好きなんだろ」

「嫌いじゃないよ」

「ツンデレか。じゃあやめるなよ。続けろよ」

「だから嫌だって。悲しむって分かってて、何でやるんだ」

「でも楽しいんだろ。なら続けろよ。俺はおまえが何に引っかかってるかよく分からん。負けるのが嫌なら負けなければいい」

　無茶苦茶なことを言っている自覚はあった。それほど鈴木に、部活に戻ってきてほしいわけでもなかった。ただ強いて言えば、鈴木が部活をやめてからの智樹は厄介だったからかもしれない。鈴木のためではなく、智樹のため。よく分からない感情を燻《くす》ぶらせて藻掻《もが》いているくらいなら、とっとと戻ってこい、の心持ちで説得する。なるほど、自分は鈴木の悩みを他人の分際で矮小化《わいしょうか》しているのだと気づく。

球技大会の日、坂下先生と話していて、どうにもならない虚無感と苛立ちで気分がささくれだったことを思い出す。今の自分は、鈴木に対して同じことをしているのかもしれない。善意を押し付けているのではないだろうか。いやもう善意ですらないのか。そう考え出すと自己嫌悪感に苛《さい》まれた。誤魔化すために、何気ない足取りで自販機の前に立ち、少し考えてスポーツドリンクを買った。鈴木に押し付ける。ペットボトルを二本抱えさせられた鈴木は、意味が分からないという風に顔をしかめた。

「スポーツしたら、飲み物は必要だろ。奢ってやるよ」

俺はそれだけ言って立ち去った。戻ってこい、ともう一度は言えなかった。

2

鈴木が正式に部に復帰したのは、二日後だった。大会での惨敗後に部を離れたことから、顧問のいびりはひどくなるというのが大半の予想だったが、重要な戦力の離脱の危機に怯えたのか、顧問は予想に反して、これまでのように鈴木に吠えなくなった。雨降って地固まる。いい具合に落ち着いたらしい。

体育祭と文化祭を合わせた、学校祭が近づいてきている。自称進学校にふさわしく、準備期間は非常に短い。放課後には、時間外準備クラスを取り締まるため、先生たちが見回りをする。制約だらけのクラスの出し物に精を出す人は少なく、学校外で練習ができる有志発表が盛んになる。ダンス、バンド、漫才と王道な出し物に加えて、今年は三年生が歌舞伎まで習得してしまったらしい。とあるクラスメイトはヴァイオリンを発表するために、今から意気込んでいる。

馬淵が早く帰るようになって、部活の待ち時間に卓球をしていたメンバーの中で女子が笹井一人になり、そもそも人数が少なくなってしまったこともあって、バカげた遊びをしていても、なんとなく以前のようには盛り上がれなくなっていた。卓球をする頻度も激減し、西井さんが教室に残っていることも少なくなった。

「陽介。おまえさ」

スマホでゲームをしながら、智樹が言った。卓球をしないからといって、じゃあ明日の授業の予習をしよう、という素敵な展開には絶対にならない。

「文化祭、オレ、バンドやるんだけど。一緒にどう」

去年の文化祭で、付け焼刃の落語を披露した（俺は座布団役だった）ことを考えれば、バンドはまともな部類に入る。いや、まともすぎるくらいだ。今年は一人組体操くらい突き抜けてほしかった。密《ひそ》かに期待していたのだけれど。

バンドか。智樹は歌が上手い。カラオケで熱唱する姿を何度見たことか。ロック、アイドルソング、その他幅広いジャンルをカバーするが、中学生の頃は年頃の男子に珍しく、音楽の授業の合唱も好きだった。歌やその歌詞が持つ力を信じているらしく、曲に心を動かされ、感動し、感傷的な気分になり、震え、勇気づけられるらしい。バカは純粋と馬淵は言うが、全くその通りだった。いい意味でのバカでもあるのだ。

「具体的には」

「丸山《まるやま》と槙本《まきもと》と、二組の山崎《やまざき》と、岡本《おかもと》、くらいだな、今誘ってるのは。体育館ステージのラストが取れたから、そこで三十分、入退場込みで四十分。もちろんオレがヴォーカルな。おまえが入るなら、おまえもヴォーカルで。おまえ歌上手いし。デュエットしようぜ」

ボーカルと言えばいいものを、わざわざヴォーカルと言うあたり、端的に言ってかなり気持ち悪かった。ガキがスカすなよ。

「セトリは決めてある。オレがリクエストしたんだ。おまえもオレの布教で昔、ハマってたバンド中心でいく」

嫌な予感がした。指先がピクリと動く。智樹は自信満々に胸を張った。

「ブルーノ尽くめだ。『満月が眠る夜』に始まって、『近道の側溝』に終わるのがブルーノのライブの定番だが、今回は絶対に、『後悔の落としどころ』で締めたい。あと――」

「俺、パス」

「おい。ちょっと待てよ」

「そろそろ部活だろ。行かないとヤバい。おまえもせっかくレギュラー奪ったんだから、熱意見せとけよ」

「話がまだ」

急いでいるふりをしながら、無駄にせかせか動く。いったい何が悲しくて今になってブルーノなんだと苛々した。下唇をきつく噛む。嫌でもあの日の後悔が再来して、胸を強く圧する。智樹の口からブルーノという単語を聞くことが滅多になかったため、もう完全に興味を失ったと思っていたのに、今さら。

ああ何で俺はあの日、爆音で音楽を聴いていた。八つ当たりだと知っていても、全てに終止符を打ったあのバンドグループが恨めしい。騒々しい歌声に拒否感が募りに募る。

「おい、おまえさあ、ちょっとは……」

もどかしそうな智樹を無視して、スマホをカバンに突っ込み、練習着を引っ張り出す。笹井はすでに教室から出ていたため、教室で着替えた。智樹は機嫌が悪いとき、脱いだ服を一度放り投げる。しかし今はいつも通り、脱いだらそのままリュックに突っ込んでいた。手つきがやや緩慢であるため、不機嫌なのではなく、気落ちしているのだと分かった。

ちょうど着替えが終わった頃、教室のドアが開き、坂下先生がひょいと顔をのぞかせた。俺の姿を認めると手招きする。

「すぐに終わるから」

嘘つけ。終わらないだろ。おまえ何したんだと智樹が目で問いかけてくるが、心当たりがまるでなかった。最近の悪事を片端から並べ、最悪を想定して衝撃を最小限にしようと試みる。が、この頃は特に悪いことはしていないはずだ。ならこのタイプの教師が好むのは、やはり学校での悩みか。それも別になかったが、ないことをあるとでっち上げ、それを土台に話を進めてくるのがこの人の特徴だった。私になら何でも話してくれるでしょうという無言の圧と自分自身に対する絶大な信頼はただひたすらに鬱陶しい。ああ面倒くさい行きたくないと智樹に無言で訴えても無駄だった。目を逸らされた。

小部屋に入り、椅子に座らせられる。地震よ起きろ。地面よ裂けろ。地球よ爆発しろ。

「ごめんね、呼び出して。実は、あなたの話じゃないの」

肩透かしを食らった感が否めなかったが、とりあえず心の余裕が生まれた。

「理央ちゃんのことを聞きたくて」

また馬淵かと思った。あいつも大変だなと、公園で不審な男性を見張ることに生きがいを見出してしまい、おそらく今もリアルタイムで監視をしているはずの馬淵に対して、同情心が芽生える。

「最近、理央ちゃんに何か変わったことはない？」

「……知りませんが、どうして」

この質問を本人以外の人にすることが、まず思慮が足りないのではと思う。一般的な高校生にとって、坂下先生のような人でなくても、教師にマークされているということ自体、恥であると捉える人が多い。何かある人、色々ある人、というレッテルを貼られたくはないのだ。坂下先生にとっては、熱心に生徒を気にかけているつもりなのだろうけれど。そしてそれを、別の誰かに知ってほしいに違いない。

「そう……私が気にしているのは、いくつかあるんだけど、そうね、例えば部活をやめたことかしら。そろそろ怪我が治って万全だろうに、どうして部活から離れてしまうんだろうって。心配なの、すごく」

「そうです、か」

脳裏でチラリと舌を出す馬淵の像が躍り、吹き出しそうになった。おまえマジでどっか行け、と強く念じる。

「ほら、集団って、色々と大変なことがたくさんあるでしょう？　理央ちゃんはそういうのに強そうに見えるけれど、実は繊細な性格だから、一度離れてしまったら戻りにくいのって当然だと思うの。だから話を聞いて、私たちがサポートしないといけない」

責任感の塊ですねと言えば、いったいどれほどこの人は顔を綻ばせるだろう。

「本人には、なんて」

「理央ちゃんとはコミュニケーションを取っているよ。もちろんどんな話をしているかは言えないけれど」

つまりどんな話も聞けていないんだな、と思う。そりゃそうだ。それを『コミュニケーションを取っている』と言えるなんて、なんて過信だろう。

「何か聞いているなら教えてほしいの。悩んでいるなら手を貸したい。これはあなたにも言いたいことだけれど、人に相談するのは悪いことじゃないの。相談された側は嬉しいものよ。信頼されているということだから」

既視感のあるやり取りに辟易《へきえき》した。この人はいつも変わらない。勝手に悩んでいると勘違いして、誰かに話を聞いてもらいたいけれど勇気が出ない弱い子なのだと見做《みな》して、庇護《ひご》欲の赴くままに視野狭く突っ走る。違うといくら言っても聞き入れてもらえない。ただ強がっているのだなと見透かした気になって、不要な優しさで包み込もうとする。

時計を気にしながら薄い相槌を打っているうちに、話は終わった。部屋を出ようとしたときに、背中に声が掛かる。

「今日、私との話、理央ちゃんには言わないでね」

「はい。失礼します」

言った。

「マジで？　っははは、やばい笑える腹筋死ぬ。羽山も捕獲されたんだ、最っ高じゃん」

俺が知る限り、馬淵は人を嘲っているときが最も生き生きしている。生気に満ち溢れ、目が底から光っている馬淵は、こんなときでもなければお目にかかれない。

馬淵は夏休みの間、妹らが遊んでいる公園で、ただ出入り口を眺めて佇む男性の監視を日課としていたが、変にハマってやめられなくなってしまったという。二学期に入っても相変わらず放課後に毎日通っては、公園の丸太テーブルで課題をするという、以前と同じような生活を続けているらしい。

俺もなんとなくの成り行きで、気が向いた日に、ここに来て課題をやったり、スマホを見たりするようになった。時間を潰せる居場所があるというのはいい。父の帰りが早く、部活が前半の時間帯の日は、ここで時間を潰すと決めている。

「まだ部活のこと言ってんのあの人。しつこいわー」

「何回くらい呼び出されたの」

「ざっと片手で足りないくらい」

「うわ」

「まあ用件それだけじゃないから、しゃーない部分もあるんだけど。『私じゃ話せない？　そんなに信用ない？』って目をのぞき込まれて言われてさ」

ふざけて笑っていた馬淵の顔一面に、苦渋と嫌悪が広がる。そのやるせなさが詰まった表情に、胸が痛んだ。

「何も答えらんなかった。さすがに私でもしんどいって」

信頼を餌に何かを聞き出そうとするのは、暴力と同じだ。友情をチラつかせて金をせびるのと、そう大差ない。そして坂下先生はそれを純粋な善意のつもりでやってのけるから、余計に質が悪い。

「私と恋愛ゲームでもしたかったのかな」

馬淵はベンチの背凭れに思い切り背を預け、反り返った。草が巻き付いた簡易的な日除《ひよ》けが、虚空を鋭く睨む馬淵の両目に映る。

「やめよ。もっと楽しい話しよ」

「ごめん」

「いいけど。あ、そういえば私、あの人に名前つけることにした」

馬淵はシャーペンの先で、男性を指す。今日はTシャツに短パンというラフな格好だ。前に俺が見たときは、上下スーツで髪まで整えていたから仕事帰りだったのだろう。

「飽きないのかな、毎日」

「変態なんだよ」

「せめて変人と言ってやれ」

「私最近、観察ノート作り始めちゃってさ」

「ガチじゃん」

中身を見せてもらう。仮名〝商社マンX〟に始まり、見た目の印象や服装の傾向、立っている位置や方角、時計を見た回数、ついた溜息の強さまで事細かに記録されていた。予想年齢は三十二歳。来る時間や立ち去る時間はバラバラだが、五時が近づくと胸元を触る仕草が増えることから緊張しているのではないか。つまり、用事のピークは五時前後ではないだろうか――。

「……おまえ」

「何？」

「変態か」

馬淵が肩を竦めた。

「せめて変人って言って」

「暇なの？」

「暇。暇すぎてゲロ吐いちゃう」

「女がゲロとか言うな、気色悪い」

「でもほんと謎じゃない？　私、〝商社マンX〟を追っかけ始めて一ヵ月以上経つけど、何が目的なのか予想もつかないんだよね。誘拐ならもうとっくにやってるじゃん？」

「前も思ったけど、おまえの執念も同じくらい異常だ」

「だって一回始めると引っ込みつかなくなるじゃん」

「え、そんだけ？」

「ん、私だってもうやめたいよ、こんな生産性のない時間」

「まあ課題やってるから」

「うん、捗《はかど》ることは捗る。小学生の笑い声ってほとんど自然音だからね」

馬淵が目を向けた先では、妹たちがドッジボールで遊んでいる。公園が広く、距離があるため、誰もこちらを気に留めない。気づいてさえいないのかもしれない。

馬淵の手元に数学のワークの解答解説集があることに気づき、俺は目をしばたたかせた。

「あれ、何でおまえ、答え持ってんの」

馬淵は事も無げに軽く答えた。

「茉奈にもらった」

課題の解答解説集は、提出日より前には配られない。答えを書き写す人が続出するからだ。しかし、先生に直接掛け合い、交渉に成功した人は、特別に事前に受け取ることができる。先生が渡すか渡さないかを決める判断基準は、成績と、普段の行いらしい。信頼のおける優等生は、一足先に解説をもらえる。

「やっぱ笹井か」

「マジで茉奈いなかったら私ヤバかった。てか個人の信頼度で待遇が変わるってひどくない？差別じゃん」

「まあ別に、分かりませんでしたって赤で書いとけばオッケーだから、俺は気にしないけど」

「それ気を付けないとヤバいよ。私前それ全問やったら、普通に再提出だったもん」

「全問やるからだろ」

馬淵は話しやすい。きっと、余計な気を遣わなくて済むからだろう。生産性のない、取るに足らない時間を積み重ねても無駄とは思わない。いつか振り返ったとき、意味があったと思えたら尚《なお》いいなと思う。

いくぶん感傷的な気分になって、馬淵だけではない、放課後に卓球をしている、西井さんも含めた俺たちは、いつまで親しく付き合うのだろうと考えた。大人になって、働くようになって、そのときまた定期的に会うような関係でなければ、育んだ仲はやがて霧散し、回顧することもなくなるのだろう。そこに何らかの意味を見出せる自信がなくて、意地を張って、唇を強く引き結んだ。顔だけが辛《かろ》うじて思い浮かぶ、中学の同級生らや、歓声を上げて鬼ごっこに勤《いそ》しむ妹たち小学生を思い、今ここで馬淵と対面しながら、なんとなく居心地が悪くなった。

「ああでも、茉奈からもらってるの、結構前に課題で出た範囲だけで、最近のは見せてもらえてないから、覚悟しといてね。あーあ、茉奈がありとあらゆる答えを横流ししてくれてた時代に戻りたい……」

「頼めよ、後見人なんだから」

「部活やめてから、あっちが気まずそうにしてるから、私も関わんないようにしてるの。思いやりの精神なの。それは尊いものなの」

「あっそ」

「鼻で笑うな」

「いやいつものおまえのお返しだろ」

エースが抜けたバスケ部は精彩を欠き、練習試合、公式戦ともに負け続けていると聞く。部活、戻んないの。自然に出掛かった疑問が、ふと喉の奥で痞《つか》えた。部活とかだるいだけ、その一言で済まされてしまうような気が、そして案外、そんなたいした理由もなく部活をやめているような気も、しなくもない。何かあっても、何もなくても、深入りも深読みも鬱陶しい。

「そういえばさ、部活の友達が最近優しさを身に着けたらしくてさ」

馬淵がどうでもいい雑談を振ってくる。俺は課題を書き写す手を止めないまま答える。

「おまえに最も欠けてるものだ」

「違う。私が不足しているナンバーワンは愛嬌《あいきょう》。優しさは四番目」

「ずいぶん自己評価が高い」

「まあね。ちなみに二番目と三番目、気にならない？」

「ならないな。どうせ誠実さと愛情だろ？」

「ひど。でさ、それでその友達が、泣いてる友達を慰めることができるようになったって自慢してきたんだけど、どう思う？」

「事件だ」

「やっぱそうだよね。警察もんだよね」

五時半を過ぎて、商社マンXは寂しげな溜息と共に公園を去っていった。重い足取りに落ち込み具合が垣間見えて、知らない人なのに切なくなる。

秋の冷たく細い風が夕暮れを撫でた。

3

坂下先生の受け持ちの教科、倫理の進みが遅いのは、先生が脱線を好むことに加え、毎時間、三、四人に最近気になったニュースを発表させるからだろう。他クラスの現社の授業も担当しており、時事に興味を持つことが重要であると言い、それは理解できるが、『どこかで殺人事件が起きました』『どこかで交通事故がありました』というような、調べていなくても簡単に話せてしまう、なんならでっち上げても分からないような発表にさえ、真剣に相槌を打ち、『悲しいよねえ。人の命は儚くて脆《もろ》くて、でもだからこそ美しいけれど、それが唐突に失われた後の喪失感を私は経験したことがあって……』と長々とコメントを添えてくる。自称進学校ではなく本物の進学校の生徒なら、日銀の施策や国際情勢、政治や裁判について堂々と話すのだろうが、俺たちのようなバカたちにはほとんど無意味な時間だ。

女子生徒が一人、黒いノートを持って立ち上がる。ノートはカモフラージュということを、先生だけが知らない。実際、ノートは白紙か、他教科の適当に手に取ったものなのだ。ただノートに書いてあることを読み上げるふりをすると、事前に調べてきた風格が出て、「あなたたちは偉い。私の授業のために準備してきてくれてありがとう！」と先生は必ず言う。

「○○市の女子高生が、自殺したそうです」

○○市は隣の市で、身近でも起こるんだなと欠伸を噛み殺す。この授業で、誰かが自殺したニュースを聞かされるのは何度目だろう。人身事故を合わせると、もう『日本はイカれてる！おしまいだ！　この国に未来はない！』と叫びたくなるレベルだ。シリアスなニュースに慣れすぎて、何も思わなくなってしまった、ただ一人を除いては。

「遺書には、『なんとなく死にます』と書かれていたそうです。このネット記事のコメント欄が荒れていて、確かに、何かに追い詰められて死んだなら、なんとなくという言葉を鵜呑《うの》みにするのではなく、そうとしか書くことができなかった本人の辛かった気持ちを誰かが代弁し、真相を明らかにするべきだなと思いました」

坂下先生は泣いている。五十を越えると涙脆くなると言ってはいたが、大粒の涙を重い話を聞くたびに流していたら、人生の中で涙として排出する水分はいったいどれほどになるだろう。情緒豊かなのか不安定なのか分からんのよ、と馬淵が小声で言っているのが存外教室に響き、馬淵は慌てて口元を押さえる。先生は眼鏡を外してポケットからハンカチを取り出す。聞こえていなかったらしい。発言した女子生徒が着席する。

「そうですね。先生も三十年ほどの教員人生で、受け持ちの生徒が自殺したことはありませんが、それでも毎年何十人もの高校生を見てきたので分かります。なんとなく、で夢と希望に満ちた高校生が死ぬはずがないんです。それにはたとえ言語化できなかったとしても、確かな原因と理由があるんです。その子を救えなくて、大人として恥ずかしい。申し訳ない。いいですか、皆さん。あなたたちがこれから生きていくにあたって、辛いことがたくさんあります。でも……」

長い演説が始まった。前回の席替えで、晴れて最も目立たない中列の後方の席を手に入れた智樹はスマホを取り出していたが、耳には何も嵌《はま》っていない。以前は一日中、音楽を聴いていたのに、イヤフォンのコードが切り刻まれる事件以来、数ヵ月以上、音楽を聴いているのを見ていなかった。さすがに小遣いも入ってくるだろうに、買い替えていないのだろうか。あの音楽中毒の智樹が。どういった心境の変化だろう。

昼休みにネットサーフィンをしていると、該当のニュース記事は簡単に見つかった。急上昇ランキング三位で、コメント数は断トツだ。『なんとなく死にます』という遺書は、よほど人を引き寄せるらしい。

昼休みが終わる直前、俺は体育委員として、体育祭の種目の変更を簡潔に説明した。要点を会議で配られた資料に沿って読み上げる。借り物競走が加わること、アンカーは必ずブロック長を連れてくるという題で、ブロック長がゴール付近にいれば長い距離を走らなくて済むため、運動が苦手な人や怪我や病気で走れない人にお勧めであること。

「今日の帰りに種目決めをするので、友達と合わせる人は事前に決めておいてください」

種目決めは、想像以上に面倒だった。男子はノリですぐに決まるのだが、いかんせん、女子が遅い。実際に話の輪に入っていなくても、遠くから眺めているだけで気が遠くなるくらい、議論が紛糾している。

「あの子と一緒がいい」「この子の方が速い」「でもその子は走りたくないって言ってるよ」「いや私遅いから勘弁して」「なら私の方がもっと遅いし」「ビリでもいいから出てよ」「お願いだから楽なのにさせて」「リレー出ると髪崩れるし」「事故るよね。事故不可避」「顔面死ぬ無理」

井戸端会議でもこうも長引かないだろう。脱力感を覚えた。他の男子はすでに部活に行ったり帰宅してしまったりしたのに、体育委員は選手名簿を作らなければならないために、クラス全員分決まるまで帰れないのだ。

意外にも、揉《も》めている中心は西井さんだった。積極的に発言し、我を押し通そうとしているわけではないが、苛々が蒸気のように立ち上る女子の集まりから、何度もその名前が聞こえてくる。柔和で一歩引くようなところがある西井さんにしては、会話の主要登場人物であること自体、珍しい。

「陽介」

呼ばれて振り返る。智樹がいた。

「暇してんな」

「かわいそうだと思うなら代わってくれ」

「残念だな、オレも暇じゃないんだ。ちょいちょい忙しくて」

「忙しいなんて白髪が生え始めた四十代後半のおっさんが言い始めるセリフだ」

「ニンニクのにおいがしそうだな」

互いにひどい偏見だ。

「ところでその忙しさってのは、バンドの練習なんだけど」

ああ、という自分の相槌が、薄く、掠れたのを自覚した。

「おまえ、やっぱりオレらと一緒にやらね？　ヴォーカルだ。サビをソロで歌わせてやる」

「それで喜ぶのは目立ちたがり屋のおまえだけだ」

「じゃあハミングでいいよ、ずっと」

「つまんね。ちなみに曲目は？　それが大事なんだよ」

「変わんねーよ。オレは絶対、ブルーノでいくって決めてんだ」

「パス。俺はやらん」

智樹が腹立たしそうに舌打ちする素振りを見せる。が、気が立ったのはすぐに収まったらしく、代わりに仰々しく溜息をついた。後ろの席の机に尻を半分乗せて、風に乗せるようにごく自然に言う。

「おまえさ、あんま引き摺んなよ。いいだろ、それで」

な？　と優しく同意を求める智樹に、何も心当たりがないという体を装いながら、全身の細胞という細胞が大きく爆《は》ぜた。臆病者の肩がビクッと跳ねたときのように、心臓が一瞬の硬直の後、加速して動き出す。母の死を引き摺り、あのときに聞いていたブルーノを今でもまだ忌み嫌っている。智樹には、ブルーノを聴かなくなったという話はしたが、母のことまでは言わなかったはずだ。家族の話や、踏み込んだ話は、小学校の頃からの付き合いでも、男同士ではしないのが礼儀だと思っている節もある。

「……なんのこと」

智樹は机から下り、伸びをする。

「まあいいや。もうおまえを誘うのは諦める。気が変わったら言ってくれ」

変わらないのが分かっていたから、了解の返事はしなかった。

「せめて見には来いよ。大親友が熱唱するってんだ。客席の一番前から甲高い歓声を上げる義務があるだろ。推しうちわ、作ってくれてもいいんだぜ」

しれっと親友が大親友に格上げされている。しかも義務まであるとよ。半端なく嫌だ。

智樹と話しているうちに、女子の種目決めも終わったらしい。話をまとめてくれた女子が一人、俺のところに伝えにくる。選手名簿に書き写した。

今日は部活がない。また馬淵は、公園に向かっているだろうか。行ったら会えるだろうか。馬淵を気にするのは、馬淵が笹井から、新たに化学基礎と生物基礎のワークの解答を手に入れたと聞いたからだ。課題は馬淵と一緒のときにやってしまいたい。

帰り支度をしていると、西井さんが俺の席の前に立った。今日は比較的調子がいいのだろう。顔色がいいし、何より、車椅子を使っていない。

「あのさ、聞いてもいいかな」

「どうぞ」

西井さんと接するとき、たぶん、大半のクラスメイトの声音はほんの少しだけ優しくなる。その微々たる差が生まれるのは、車椅子に乗っている姿が印象深く、無意識に弱い者として扱わなくてはならないという気持ちにさせられるからだろう。体が弱いだけで、学年が違うわけでも、長期的に入院していたわけでもないのに、いつのまにかハンディキャップを負った者として認識してしまっている。

「借り物競走の追加って、誰の案？」

「ん？　坂下先生だけど。あの人、体育委員担当だし」

西井さんは、はっきりと傷付いた表情をした。次に唇に力を入れて、床を睨む。湿った目の表面が影を反射して、顔全体に暗さが広がった。

「もう一個聞きたいんだけど」

「何？」

「年度初めの球技大会でさ、バレーボール、ルール変更あったじゃん？」

「サーブのやつ？」

「そう」

バレーボールのサーブを、アンダーサーブならという条件付きで、一人が担当することを可とするルールが追加されたのだ。女子のバレーボールは、サーブが入らないためにラリーにならず、サーブミスの応酬で終わってしまうことが多い。それを防ぐために、上手くて力加減ができる人に打たせよう、という趣旨だった。

「あれ、誰が最初に言い始めたの」

覚えていないと答えたかった。俺は知らないと、無関係なふりをしていたかった。あるいは適当なことを言って、西井さんが想像しているような話ではないと、優しい嘘をつきたかった。

どう答えるか迷っている間に、西井さんは泣きそうな顔になっていた。

「坂下先生だよね」

西井さんの声音は、静かな確信に満ちていた。肯定せざるを得なかった。

うちのクラスは、本来の趣旨でそのルールを利用しなかった。コートを駆け回ることができない西井さんも皆とは異なる形でも参加できるようにと、それほど体力を要求されないサーバーに西井さんを起用した。

西井さんは、長い間黙っていた。放課後の喧騒が俺たちの遠くで立ち止まってじっと見つめているように、この場だけ空気が停滞していた。

「私、借り物競走、出たくない」

西井さんは去る。その呟きは、独り言というにはあまりに声が大きくて、でも反応することができない強固な壁が、俺と西井さんの間には立ちはだかっていた。

手元のエントリーシートに目を落とす。西井さんが借り物競走になることは、簡単に予想できたことだ。

嫌がるのも無理もない。

借り物競走は、西井さんのために作られた競技だ。

4

バンド練習があるという智樹と別れて、黒滝と共に学校を出た。学校の敷地《しきち》内から出るまでは自転車は押して歩かなくてはならない。男子でこのルールを守っている人を、俺は黒滝以外には知らない。よく女子と下校するからだろうか。智樹は校庭さえ爆速で駆けていく。

門を出ると、垣根の窪《くぼ》みの邪魔にならないところに立っている女性がいた。四十代くらいだろうか。喪服のような黒いスカートスーツを着て、誰かを待つようにじっと人の流れに視線を混ぜ込ませている。細い体が秋の風を浴びて、痛ましげに震えた。

「あれ……」

自転車に乗ろうと片足をペダルに掛けた黒滝が、戸惑ったように再び自転車の横に収まった。躊躇いがちに、のろのろと歩く。

「俺、あの人、知ってる……」

黒スーツの女性の方へ歩いていく。

「誰？」

「知り合いの、母さん。中学の友達の」

とりあえず付いていった。女性も黒滝に気づき、二人が向き合う。近づくにつれ、白髪やシミが目立つようになってきた。頰がこけ、眼《め》の光が死んでいる。疲れが見て取れる。黒滝君、というだらりとぶら下がって落ちた呟きが地面の上で潰れる。

「黒滝君、だよね？」

「お久しぶりです」

軽く点頭して、黒滝も茂みの隙間に入った。その間に、耳に囁かれる。

「俺の中学のときの元カノの、美緒《みお》の母親」

元カノ。またか。

「幼馴染でもあったからさ、親のことも知ってんだ」

「キショい関係だな。何週間くらい続いたわけ」

「うーんと、二週間くらいかな。例にも漏れず、振られたわけだ」

なんかうまくいかないんだよな。幾度となく聞いたボヤキと、遠い目を思い出す。見つめる虚空に欠けているのは、彼女の存在ではない。どうしても上手くいかない、その寂寥《せきりょう》と焦燥と諦めだ。悔しいという感情がないといった鈴木の嘆息が蘇る。

理屈じゃない。だから理解しきれないけれど、どこか欠けているのだ。どうしようもなくて、ただ苦しい。

黒滝を待つつもりはなかったが、先に行くと言うタイミングを失ってしまった。離れたところに立っていたつもりだったが、聞こえてしまった。

「知ってるかな。もしかしたら、中学校の友達とかから回ってきてるかもしれない。うちの子、美緒、先週にね」

言葉が詰まった。呻くように絞り出される。

「自殺したの」

黒滝が息を呑んだ。

「知らなかったです。どうして」

「分からないの。けれど、部屋にあった遺書には『なんとなく死にます』とだけ書かれていて」

今日の倫理の授業で女子生徒が言っていたニュースが思いがけず繋がり、目を見張った。素通りした情報の重みに体が冷えていく。唾を飲む音が耳に響いた。

「そう、知らなかったの……。黒滝君なら、何か聞いていたり、相談を受けていたりするかなと思って、どうしても話を聞きたくて。家に行こうと思ってたんだけど」

「ああ、俺、幼稚園の頃住んでいたアパートから引っ越しました。ごく近場ですけど」

「やっぱり。訪ねても、表札が違ったから。お葬式前にも一度、お母さんづてに連絡を取ろうとしたのだけど、携帯を替えたのか繋がらなくて。それで、学校は美緒から聞いていたから。ごめんね。呼び止めて」

「いえ、お役に立てず、申し訳ないです」

「いいのいいの。でも、親としては納得いかないじゃない。なんとなくって、そんなはずがないじゃない。いじめはなかった、人間関係も良好だったって、ねえ、じゃあ何でなのよ。挙句、家庭に問題があったんじゃないですかって」

口調が悲鳴を帯びていく。疲れが織り込まれた高い声は壊れかかっていた。縋るような目を向けられても黒滝は無力で、苦悶《くもん》の表情を浮かべて立ち竦んでいる。

「何か、友達から聞いたこととか、気になったことがあったら何でも教えてちょうだい。別に、悪い話だけじゃなくて、いい話も聞きたいわ。だってもう今後、あの子が生きているときの話は増えることはないのだから」

しゃくりあげる音が即座に崩れていく。彼女もまた、黒滝同様に無力だった。

「今日はごめんね。暇だったら、線香をあげにきて。美緒も喜ぶと思うから」

黒滝がしっかりした返事をする。俺はその横を通り過ぎて、黒滝と合流した。自転車を漕《と》ぎ始めてから、黒滝がその女性に一礼する。

どう切り出していいか分からず、駅まで無言で自転車を走らせた。心なしか、黒滝の自転車を漕ぐペースが遅い。それでも体は前に進む。時の進みのように、肝心なことはいつだって一方通行だ。

「言っても俺、別れてからはほとんど会ってなかったんだよな」

駐輪スペースで、ふと黒滝が口にした。そうなんだ、と薄い相槌を打つ。

「死んだってことも知らない幼馴染なのに、葬式にも出てないのに、何で美緒の母さん、俺なんかに聞いてきたんだろ」

「必死だったんだろ」

「もうちょい会っとけばよかったな。別れてから数回、道でばったり会ってちょっと喋って。そんだけなのに、何でかな、何で」

何でこんなに悲しいんだろうな。そう言った声が震えて、ほとんど聞き取れなかった。目を逸らす。黒滝が空を見上げているのが、なんとなく分かる。

「見るなよ。泣いてないし」

「ごめん」

見てないんだけどな、と思うが口にはしない。

ホームに滑り込んできた電車に乗る。席は空いていない。おじいさんと、おばあさんと、社会人と、私服の大学生と、高校生が、今日もあらゆる階層に属す人たちが、同じ電車に揺られ、同じ方向に向かっている。

夫婦に見えるおじいさんとおばあさんは、同じ模様の紙袋を大事そうに抱えていた。どこかへ出掛けていたのだろうか。何かイベントでもあったのだろうか。ところどころに皺《しわ》がついたスーツを着た社会人は今日、出張にでも行っていたのだろうか。熱心に参考書をめくる同い年くらいの女子高生。テスト期間だろうか。受験生なんだろうか。この人は、あの人は、どうしてこの電車に乗っているのだろう。いつもはそんなことを考えることはないのに、なぜか今日だけ、とりとめなく考えてしまった。

黒滝がふと口にする。

「そういえばおまえ、馬淵とデキてんの」

「は」

驚きそのままの生の声が出た。

「デキてない」

っていうかおまえ、もう回復したのかよ。強がるにしても、話題を選べよ。

「なんだよ、つまんね。いつも会ってるんじゃないのかよ」

「それは見張りだ」

「智樹病が移ったのか」

「主に、馬淵にだ」

「意外だな。で、何してんだ」

かいつまんで説明した。公園の入り口付近に、毎日決まった時間、ただ突っ立っている男の人がいること。最初は不審者だと思い、小学生の妹たちの安全確保のためにしていたこと。平日はスーツでいる日が多いため、〝商社マンX〟と名付けたこと。その人の目的や動向を探るために、馬淵と学校帰り、公園で宿題をしながら時間を潰していること。

「おまえら何、暇なの」

真顔で言われると、かなり恥ずかしくなった。言い訳したくて言葉を探す。

「馬淵はかなりだろうな。部活やめたらしいし。何でかは知らないけど。俺もまあ、課題やってるから、時間を無駄にはしていない」

再婚話が切り出されてから、家になるべくいたくない、とは言いづらかった。今週末も、金村さんはまた来るのだろうか。夕飯は、カレーライスと何だろう。先週はポテトサラダだった。おいしかった。父は料理が下手というわけではないが、仕事が忙しいこともあって、出来合いの総菜の頻度も高かった。だからYouTubeやInstagramにあるような手料理という手料理は新鮮で飽きがこない。

でも、金村さんの作るカレーは、母の力作と比べて、やはり何か足りない。不器用でざっくばらんだった母より、ずっと料理の腕はあるはずなのに。ポテトサラダだって、照り焼きチキンだって、トンカツだって絶品だったのに。

あの日、聞こえたかもしれない落下音を耳の奥で転がしながら、いったいどうしろっていうんだと今日も内心で怒鳴り返す。右の手のひらに嫌な感覚が蘇った。悪寒がその手から這い上がってくる。

「黒滝も今日から参戦する?」

「拒否。俺は、生産性ないことはしないんだ」

「生産性ならあるぜ。馬淵は、笹井から課題の答えを流してもらってる。写させてもらえるぜ」

「パス。ってかまだあの二人、仲いいんだ。馬淵が部活やめてから、もっぱら話してるとこ見ないけど」

「最新の教材のはないけど、前もってだいぶもらってたらしい」

「後見人は過保護だなー」

カーブに差し掛かり、車体が揺れるのに合わせて黒滝がふっと口元を綻ばせた。

もうデキちまえよ、という軽口に、タイプじゃないんだよ、と返して別れた。リュックサックを背負い直し、定期で改札を通り抜ける。夕方のごった返す人の波を乗り越えていく。列車の通過する音が響く、壁の厚い建物を抜けると、秋が来ても柔らかさを保ち続ける日差しが飽和していた。学区の隅、家の近くの公園に自転車を走らせる。

馬淵はもう公園にいるだろう。目的も分からない、特別変わった動きもない男性を見張り続けるのは、他の用事を済ませながらとはいえ俺にとってはそれなりに苦痛で、飽きてきてもいた。馬淵はそうでもないのだろうか。もはや興味の対象は怪しげな男性ではなく、馬淵の根気がいつまで続くのかというところにあるといってもいい。

「ねーどうでもいいこと言っていい？」

単色の飾り気のないシャーペンの先をノートに押し付けながら、馬淵が聞いてきた。今日も商社マンXは時計を気にして、公園の入り口に立っている。あの場所からは、未確認飛行物体の着陸でも見られるのだろうか。それとも、芸能人のプライベートをのぞけるのだろうか。勝手に膨らんでいく妄想で気分を向上させることで、なんとかして退屈を誤魔化そうとする。

「何」

「私結構前からネットニュースのコメント欄読むのにハマってるんだけど。ニュース読んだら絶対にコメントまでスクロールするのね」

「へえ」

意外だった。馬淵は他人の個人的な感想や主張、世論や大衆の意見と呼ばれるものに一切関心がないと思っていたし、あったとしても、それを人に言うとは思っていなかった。

「どのコメントにも、いっぱいグッドボタンとバッドボタンが押してあって。ありきたりだけど一般的に正しいとしか思えないような意見にも、けっこういっぱい低評価があって。でもよくよく考えたら、あのコメント、誰が何のために投稿してるんだろうな、って思ってすごい気持ち悪くなって」

「そんなもんだろ」

不服げな馬淵に向かって肩をすくめる。赤の他人の行いに、どうしても黙っていられないときが、人にはあるのだろう。

「誰に向けて書くんだろ。当事者かな。見ると決まってるわけじゃないのに。あれって自分の投稿、見返したりするのかな。どのくらい賛同者がいるって確かめる人っているのかな」

低いテンションの底を、痛みが流れていた。写した答えに○付けをしていた手が止まる。

「おまえ、ネットニュースのコメントに恨みでもあんの」

「ないけど」

目を逸らした馬淵に苦笑した。

「あるだろ絶対それ」

「ないって。ただキモってなっただけ」

そう、と短く答えて、別の話題を探した。そういえば、学校祭が間近に迫っている。智樹のバンド練習はますます多忙を極めているらしいが、有志発表に出ない生徒は暇なものだ。クラス企画は準備時間が短く、大規模なことはできない。学校行事を楽しみたければ自称進学校には行くなと、それこそネットで呟きたいものだ。

「なあ、おまえってさ、親の馴《な》れ初《そ》め知ってる？」

「へ⁉」

ふと思い付いたことをそのまま口にしただけなのに、世にも奇妙な珍獣を見たかのような反応をされた。こちらがしどろもどろになる。

「あいやあのたいした話じゃなくて」

「何事」

「いやあ」

きちんと話すことが誠実だと思っているのだろう、俺は父や金村さんから、二人が出会ったときのこと、それからどういう風に距離が縮まっていったか、再婚を決めるに至った経緯まで、話せる内容ならばあるだけ聞かされた。知りたくもない話に辟易していたとき、ふと、自分は父と母の馴れ初めを知らないことに気づいた。知っているのが普通なのか、知らないのが普通なのか、純粋に興味が湧いた。

馬淵は何事もなかったように淡々と答えてくれた。

「私は知らんよ。けっこう気になったこと多いんだけどさ。そういう立ち入ったことを無邪気な気持ちで聞ける時期ってのを、もう越えちゃってんのよ。大人になりすぎちゃって、さすがによう聞けん……って、たぶん、めっちゃちっちゃい頃から思ってた」

「もう大人だからって小さい頃から思い続けたんだ」

「ませたガキだったからね。今より小さくなれることなんてないから、そのときが一番、幼いはずなのに、でももう聞ける年齢じゃないなって思うんだよ」

今も十分に大人ぶっているとは思うが、下手なことを言うと殺されそうでやめておく。

「何でそんなこと聞くのさ」

「……何でだろうね」

特別大きな理由がなく、ぼうっと遠くを眺めながら気のない返事をしてしまった。馬淵が緩く息を吐く。

「まあ色々あるわな、皆」

馬淵が発するとは思えないセリフだった。色々か。誰だって個人の領域を持っていて、困ったことは起こりうる。皆それぞれ悩ましい事情を抱えていたとしても、俺たちはその断片も知らないということは何も不思議ではない。身近な人が何を考えているか、意外と分かっていないのだ。俺はそのうちの一つを口にしてみる。

「ところで馬淵、少々聞きたいんだが」

「改まって、何」

「おまえ、いつまであの人の見張り続けるつもり?」

馬淵は真顔で俺の方を見た。艶やかな目の表面が濃淡も揺らぎもなくシンプルな無を演出する。

「衝撃的なこと言ってもいい？」

「どうぞ」

「めーっちゃ飽きてた」

感情の赴くままに行動できたなら、今すぐ広い公園の裏の住宅地に向かって、「くそがあああーっ」と叫びたかった。

「いやなんかさ、外で宿題やるって最初は捗ると思ってたんだけど、座布団ないからお尻痛いし、秋になって肌寒くなって、手がちゃんと動かなくなってきたし。ノートの裏に砂付くし。はっきり言って最悪なんだよね」

「……まじでなんなのおまえバカなの」

「三宅と一緒にしないで」

冷たく否定された。その返事の速さに、智樹がいささか気の毒になる。

「じゃあもうやめろよ」

「でもここまで来てやめられる？　あの人何してるか知りたくない？」

「未確認飛行物体が着陸するんだ。それか、芸能人のスキャンダルを抜けるか」

「なるほど。羽山は普段そういう妄想をしてるんだね」

「してねーよ。もう本人に聞けばいいんじゃね」

「うん、そうしよっかな」

自分の提案があっさり受け入れられて、拍子抜けした上に困惑した。何の躊躇いもなく腰を上げる馬淵に続きながら、それなら最初から聞いておけばよかっただろという文句が喉から出かかる。生粋の気分屋で、雑な性格。やはり後見人の通訳が欲しい。

「あのすみませーん」

呑気《のんき》に声を掛けながら、警戒などまるでない距離にまで近づいた。その気になればコンマ三秒で胸倉を摑まれる域だ。見張りを始めた当初、この男性は小学生を狙っている不審者なのではないかと憶測を働かせていたことを思い出し、俺にだけ緊張が走る。馬淵は単刀直入に問うた。

「いつも、何してるんですか」

初めて間近で見る商社マンXは、何の特徴もない、平均的な顔立ちをしていた。これだけ長期間見張っておきながら、街角で見かけても気づかないくらい、印象が薄い。着古されたスーツのネクタイピンは複雑な幾何学模様を描いており、それだけが小洒落ているがために逆に浮いている。

見ず知らずの高校生に対する商社マンXの返事は優しかった。きっと向こうも、いつも公園の日除け付き丸太テーブルで宿題をしている高校生を認知していたからだろう。

「人を待っているんだよ」

「ずっとですか？　私、毎日いますけど、全然来ないじゃないですか」

物怖《ものお》じしない馬淵に、商社マンXは困り顔をした。

「四ヵ月前に別れた恋人なんだ。ずっと連絡がつかなくて」

その困り顔、恥ずかしげな顔がよく似合っていた。適当にあしらうことができない不器用さからも、人のよさがうかがえる。短めに切り揃えられ、整髪料で整えられた前髪の下で、眉が八の字を描いていた。

「毎日ですか」

「仕方ないよ。待ち合わせなんてしていないんだから」

「来るか来ないか分からないのに、毎日ここに来てるんですか」

「そうだ」

馬淵が目を見開いて俺の方を向く。真ん丸の純粋な双眸《そうぼう》に、そんなことある？　と書かれていた。聞きたいのはこっちだと俺も思う。見ず知らずの相手の見張りにそこまで時間をつぎ込む馬淵こそ、〝そんなことある？〟の代表例だ。黒滝に話した際に向けられた、奇異なものを見る目を思い出す。

どうしてここにいるのか気になって通い詰めることになったという経緯を話すと、男は面白がって、とても個人的なことを詳しく教えてくれた。水面に広がる波紋のように、話せば話すほど親しみが増していく人だった。

「この公園は、僕たちの思い出の場所で、待ち合わせの場所なんだ」

ほう、と馬淵が知ったかのような相槌を打つ。

「ここの公園のすぐ隣に川があるだろう？　彼女はフルートが好きと言っていたから、よくそこで演奏を聴かせてくれと頼んでいたんだ。結局、緊張するからだめだと、一度も吹いてもらえたことはないんだけど。毎回、ここで悩むんだ。緊張して吹けない、吹きたいけどって。それにね、まだ付き合っていたときに、こんな話になったんだ。僕たちのスマホが壊れて、家からなぜか追い出されて、そんなことがもしあったとき、どうやってまた会うか。ここでまた会おう、絶対に。何度も約束したよ。この場所はそれくらい大切な場所なんだ。時間も決めた。午後五時一分だよ」

「五時一分？　どうしてそんな微妙な」

思わず口を挟んでいた。人の事情のくせに、気になりだしたら止まらないのは俺も一緒なのだろう。

「恥ずかしい話だけど、恋だよ、恋。五と一だろ？　無理やりだけど」

「でも別れたんですよね？　元カノさんの方に会う気がなければ、無意味の極みじゃないですか」

「おい馬淵」

堂々とした横顔に、旅の恥はかき捨てと極太のマッキーで書かれている。馬淵にとって、人と人との関係は消耗品なのか。ふと怖くなる。男は失礼すぎる高校生に、あくまでも優しかった。

「そうだね。意味がないかもしれない。けれど振られた理由も釈然としなくてさ。『あなたには分からないと思う』って繰り返されたんだ。けれど僕は、それまでだって彼女を分かろうと努力してきたつもりだし、お互いを理解し合える仲だと思っていたんだ。存分に話し合ったとき、人と人とが分かり合えないなんてことは絶対にないと僕は思う。なんとなく、落ち着いたらもう一度やり直せるような雰囲気だと、傷が癒えた後に思ったんだ。甘いと思うかな？」

馬淵の全身から小バカにしたいオーラが迸っている。お得意の性悪で露悪的な皮肉が飛び出す前に、俺が当たり障りのないことを言わなければならなかった。

「分からないですよ、俺ら、その元カノさんに会ったことがあるわけじゃないし、振られた現場にいたわけじゃないし」

「そうか、そうだよね」

「まあでもそれほど想《おも》われたら、彼女さんも嬉しいんじゃないですかね。分かんないですけど」

「連絡が通じなくても、家くらいは知ってるんじゃないですか？」

「そんなことしたら、ただのストーカーだろう。余計嫌われてしまうかもしれない。アポなしでの訪問なんて、迷惑極まりないよ。それだったら、永遠に待ち続けていたい」

直向《ひたむ》きさと一途《いちず》さが、年上だというのにいじらしくなって情が移る。なんとかして報われてほしいと思った。

「ところで、どうしてそんなに僕のことを気にしていたんだ」

「最初、うちの妹たちが不審者かもしれないって怯えてたんです。ほら、あっちのエリアに小学生の大群がいるじゃないですか。あの子たちです。夏場に、噴水で遊びたいから公園は変えられないって悩んでて」

「あとブランコもな。このあたりじゃ、ブランコがある公園はここしかないんです」

「それは申し訳ない。けど、そんな不審者っぽく見えたかな」

「毎日午後五時に仕事をしていない男ってだけで、怪しかったですよ」

馬淵の言葉に、男はさも不思議なことではないというように片眉を上げた。

「僕の仕事は朝型勤務なんだ。朝早くから出社する代わりに、終業は早い」

「なるほど」

怪しいと思ったことが始まりだったから、自分には想像が及ばなかっただけのことも、おかしいと決めつけて疑ってかかってしまっていた。

来るかも分からない人を待つのに、この人はいったいどれほどの労力と時間を掛けるのだろう。尊敬半分、理解できないという気持ちを半分抱えて、健闘を祈りますと言って別れた。荷物が置いてある丸太テーブルに戻りながら、これですべての謎は解けたといやに晴れ晴れとした気持ちで秋の透明度の高い空を見上げる。

「わりと普通の理由だったな。つまんね。もう、ここに来なくてもいいよな」

「は？」

心底失望したという感情がありありと前面に出た声音が怖かった。

「何で？　ここまで来たら、感動の再会に立ち会いたいと思わないの？　え？　思わないの？」

思わない、とは言えなかった。圧に押されてしまう。ところでさっきまで嘲笑を必死に隠しても隠しきれていなかった馬淵はどこに行ったのだろう。

「思います。とてもそう思います」

「だよねー、もちろんそうだよねー。三人いれば三百六十度カバーできるから、どの方向から来ても安心だよねー」

頭を抱えたくなりながら、秋風に身をさらし委ね、まだ行けるなと自分に問う。タイムリミットは冬までだ。それまでに来なくても、きっと馬淵も音を上げ、やめたくなるだろう。

公園を出て帰路についた。街路樹や田畑に青々しさが減り、いつかの寂れた冬景色を予期させてくる。ただ雑草だけが猛々《たけだけ》しく繁茂していた。アスファルトの切れ目から懸命に手を伸ばしている。

家の前庭の砂利道を踏み締めてドアの前に立つ。鞄《かばん》からカギを取り出していると、ドアが唐突に開け放たれた。千夏が靴を適当に引っ掛けて飛び出してくる。その顔を見て驚いた。泣き腫らしている。鉢合わせてしまった俺に対して、苛立ったように喉を低く鳴らし、すぐ脇をすり抜けていく。

家の中に入ると、床に教科書が散乱していた。キッチンでは父親が憤然と息を吐いている。コーヒーを淹れる手つきの一つ一つに怒りが籠もっていた。千夏が怒られて、飛び出していったというところか。

「この教科書」

「千夏のだ。本人に片づけさせろ」

声が低い。

「出てったけど」

「ああ、出てった」

言葉も短い。溜息が唸《うな》り声に聞こえる。いったい何があったのだろう。気になったが聞けはしない。

気まずいのは苦手なんだ、やめてくれと思いながらそそくさと自室に入った。寝転がってYouTubeを見始める。昨日の夜のゲームが原因だろうか。すぐに眠くなった。微睡《まどろみ》の中から母の声がする。お願い、すぐに来てと。意識の淵《ふち》に沈んでいく。何もかも忘れる。

スマホが垂れ流すライン通話の着信音で目を覚ました。すっきりしない脳みそが、画面を見て情報を整理していく。馬淵からのライン電話だった。さっきの今で、半ば辟易しながら電話に出た。

『妹の千夏ちゃん、家出したーって家に来たんだけど』

目が冴《さ》えた。冷や水をぶっかけられたような心地だった。

「今、どこに」

『だからうちだって。寝起きなの？』

「いや」

『寝起きだねーおはよ。もっかい言うと、羽山の妹の千夏ちゃん、家出したって我が家に来てるよー。ちなみに今は千夏ちゃん、私の妹の部屋にいるのね。奴の部屋、汚いよ。掃除機全然かけないから埃《ほこり》まみれ。部屋に粉系のお菓子さえ持ち込まなければゴキブリは出ないって信じてるから。千夏ちゃん、ぱっと見お洒落さんだからいつまで耐えられるかなー』

馬淵の能天気さに影響されて、焦りがあったのに妙に安心してしまった。

「そんな居座ってんの」

『いやさっき来たばっか』

「いつまでお邪魔するつもりなんだろ」

『どうでしょ。小四なんて八時にもなれば、不安になって帰るとか言い出すと思うけどね。知らんけど』

関心のなさそうな投げ遣りな口調と、わざわざ電話をかけてくれたことのギャップがおかしかった。

「千夏、なんて言ってるの」

『もう一生帰らない、あんな親とは口きかない、二度と会いたくないーってぴゃーぴゃー泣いてる。可愛いもんだね』

「そういやさっき、父親の機嫌、悪かった。喧嘩《けんか》の原因、聞いてないけど」

『なんか宿題やれーとか片づけしろーとかがうるさいって隣の部屋で文句垂れてる』

「そんだけ？」

いささか面食らった。そのくらいの父親の小言は日常茶飯事で、家出なんてしていたらキリがない。

『まあ、だけではないだろうね。ストレス溜まってたんじゃない？』

「ストレス」

『そうです、ストレスですよストレス。いや、言われたくなかったら黙るけど、……いや言っていい？』

「なに」

思い当たる節が、ないわけがなかった。ふざけていた馬淵の声の調子が、微妙に色を変える。

『再婚話？　揉めてんの？　さっきからその話、ちょいちょい出てきてさ。反応に困ってる。私、こういうシリアス系の話、ＮＧなんだけど』

押し黙る。込み入った事情を抱えた家庭だと認識されるのは、いい気分ではなかった。きっと〝再婚〟と聞いて一般的に思われるほど複雑な状況でもないだろうし、家庭が荒れているわけでもないだろう。好奇や同情は先入観の押し付けから派生する。まあ馬淵に限って、他人の事情にこれといった興味を持つことはないだろうけれど。

『羽山一人だけ、反対してるらしいじゃん』

「ま、な」

『小学生なんて、繊細なお年頃でしょ。ストレス発散みたいに泣き散らかしてるよ』

「散らかす言うなよ」

『しっかりしろ、兄貴』

からかいが滲む薄い笑いの隙間を、心配が埋めていた。それは自分に向けられたものだろうか。千夏だろうか。ゆっくりと絞られたように、胸が詰まる。

馬淵の言う通り、千夏は数ヵ月溜め込んだ鬱積が爆発して、些細なことで家出をしてしまったのだろうか。父と母、金村さんのことばかり考えていて、千夏を思いやる余裕を持てていなかったことを反省した。ストレスの原因の一部を俺が作ってしまっていたのだとしたら、申し訳ないことをしたと項垂れた。

反省はしても、どうすればいいのかは何一つ思い浮かばなかった。母を死なせてしまったかもしれない自分が、簡単に折れていいわけがない。こうして反対し続けることが、最低限の供養であるような気がしていた。でももう自分だって、この一連の話に疲れてきたのだということにいい加減気づいている。

寝転がって見上げた天井。視界の真ん中に煌々《こうこう》と光る室内電灯を凝視して目を瞑る。光の残像が瞼に焼き付いて、きれいな輪状になっていた。右手の手のひらに、嫌な感触が蘇る。爆音の音楽。きつく耳にはめ込まれたイヤフォン。没頭していた自分。ブルーノ。何万回と願った通り、またあの日をやり直せたらと切望している。

5

馬淵は眠そうに頬杖をついているのが似合う。片方の頬を手の甲に乗せているため、顔が斜めに傾いていた。

「へー、家出した小学生の娘が夜遅くに帰ってきて、『おかえり』だけなんだ。優しいのか無関心なのか分かんないね。まあどうでもいいけど」

「口下手なんだ、たぶん。あと、衝動的な家出っていうのが分かってるから、とやかく言わない方が得策だって判断したんじゃないかな、たぶん。それにたぶん、ちゃんと席に着いてまじめな話をするとか、俺の父親、苦手だろうし」

「『たぶん』多っ。まあでもそんなもんだよね。子供に親の性格の分析させたら、たぶんって日本語、多用したくなるよね。どうでもいいけど」

「『どうでもいいけど』が多いな、おまえも。まあとりあえず一件落着したということで、お騒がせしました」

「別に私、何もしてないけどね。妹が一緒に泣きながら話聞いてた隣の部屋で漫画読んでただけ」

それはさすがにもう少し優しくしてあげてくれてもよかったのでは、と思う。

馬淵の予言通り、千夏の家出は短時間で終わり、その日の遅くには疲れ切って帰宅した。我が家のインターフォンの音は大きく、高く陽気だ。カギを忘れて出ていってしまった千夏は、渋々ボタンを押しただろうが、そんなことはお構いなしの明るいチャイム音が家中に響いた。訪問者の感情に、チャイムの音は左右されない。ドアを開き、千夏を家に入れ、風呂を促しながら、不貞腐れた顔に泣いた跡が強く残っているのを見て、そのチャイムの柔軟性のなさや応用の利かなさが、とても無神経に感じられた。

そして今日、学校祭前日。今日も今日とて俺と馬淵は、公園の丸太テーブルで宿題をして時間を潰していた。時間が経つにつれて徐々に警戒心を解いてくれ、田中《たなか》と名乗った商社マンX

は、また恋人を待っている。昨日も、一昨日も、その前の日もいた。来るかどうかも分からない人を、いったいいつまでこの人は待ち続けられるのだろう。

丸太テーブルには、やはり二人分の課題が雑然と並べられている。俺は関数の問題を前に、スマホを触りながら英語長文にせっせと日本語訳を書き込む馬淵の手元をちらりと見た。見覚えがない文章。ということは、まだやっていないということだ。一気に気が重くなる。馬淵も同じように俺の手元を見て、頭を抱えた。

「私それまだやってない……。明日から学校祭だってのにこんなに課題出すとか、頭どうかしてるでしょ」

「授業を行わない分、しっかり課題で補塡させていただきますねーとかクソか」

「クソすぎてほんと無理。私はあいつが教卓にプリントの束を置いたときのどや顔に唾棄したかった。できなかったことが寝ても覚めても悔やまれる」

「めっちゃ達成感ありそうな幸せそうな顔してたな。っていうかまず、学校祭の文化祭と体育祭を一日で終わらすってのが頭おかしいと思う。自称進にしてもやりすぎだろ。息抜きの、力抜く前の段階で宴《うたげ》終了とかありえないだろ」

「三日文化祭、丸一日体育祭、準備片づけでプラス二日、とかのスローモードでお願いしたい。目まぐるしいの嫌い。もう人類滅びろ」

「人類は滅びなくていいけど、学校潰れんかな」

「隕石落ちろ、坂下の頭上に」

「坂下先生だけはもったいないな、せっかくの隕石なんだから」

「雨粒みたいに大量に降ってくれればね」

取るに足らない会話は、悪口ならより盛り上がる。ふんぞり返って足を組み、伸びをする行儀の悪い馬淵は、大きな欠伸をするとき、きちんと口元を手で隠す。一応マナーがある人なのだ。馬淵につられて眠気に襲われながら、俺は課題のプリントを携帯で撮影した。問題を写真で検索すると、解答が出てくる優れもののアプリを見つけてしまったのだ。馬淵と笹井がまだ気まずいらしく、成績、素行優秀者にしか事前に与えられない宿題の正式な解答解説集は供給不足になってしまった。その結果、見つけたアプリだった。

「ああ、そのアプリ」

馬淵が放り投げていたシャーペンを再び手に取った。勉強の再開かと思えば、ペン先で丸太テーブルに上がってきた蟻《あり》を突いてひっくり返し、潰している。虐待だ。

「わざわざ広告見るの、だるくない？」

「何か得るんだったら最低限の報酬は払おうぜ」

「確かに、質問一つにつき三十円くらい取られるサイトとかもあること考えれば、マシかなとは思うけど」

馬淵が潰した蟻を器用にシャーペンの先に載せ、俺のノートの上に落としてきた。

「なんだよ」

「話変えていい？」

「何」

「んなんかさ、最近、茉奈がめっちゃ電話してくるんだよね。だから何って話でもないけど」

「電話？」

「そう、電話」

「部活やめてから、喋らなくなってたよな？」

「うん、接点ないし。と思ったら、急に電話がかかってくるようになったんだよ。一回も出たことないけどさ」

いや出てやれよ。

「何でラインじゃないんだろ」

高校生は、よほど緊急な時以外、ラインで済ます。相手の都合を無視した電話は基本的に避けられている。

「あ、それは聞いたよ。用事があるならラインしてってって。そしたら何て答えたと思う？」

「……打つの面倒、とか？」

「ラインは送る内容と文面が決まらないと送れないから、無理なんだと。電話なら具体的に何を言うって決めていなくてもかけられるから電話にしてるらしい」

自分の頭の斜め上に疑問符がポップアップしたのが分かる。

「どういうこと？　話すこと決めてないのに電話するのか？」

「らしいよ」

あの笹井にしては、ずいぶん理性的でない行動を取るものだ。

「出ないって分かってても、どんだけでもかけてくるの。それこそ、犯人なんか見つかりっこないって分かっていながら犯人捜ししてた三宅みたいに」

智樹みたいに暑苦しい奴が身近にもう一人増えたら、日常で消耗するエネルギーがとんでもないことになりそうだ。

「あの子たち、よく分からない方向に熱持って走り出すよね」

「保護者か」

「まあちゃんと、ありがたいって思わなきゃなんだろうけどさ」

ぼやきが徐々に広がって薄まっていく。日向の温《ぬく》もりで溶かすような、その穏やかさに心が落ち着いた。

この公園で遊んでいた、千夏や馬淵の妹を含む小学生の大群は、噴水の出ない季節になった上、大量の遊具を遊び尽くして飽きてしまい、別の公園に根拠地を移したらしい。賑やかさと騒々しさを混ぜて二で割ることを忘れたような音の飽和を失くして、静かになったとは思う反面、だからとはいえ無音になったとは微塵《みじん》も思わない。植物や、周りを囲む住宅から聞こえてくる日常の息吹が耳を撫で、今日という日を後ろに連れ去っていく。田中さんも、この環境音の中でだからこそ、会いたい人に会えなかった毎日を消化し続けることができるのかもしれない。と思っていたら。

「……ゆ」

不意に、言葉にならない感情を限界まで凝縮して、詰まってしまったような田中さんの声と、砂利道を一歩一歩丁寧に踏みしめる、心地の良《い》い足音が入り口から聞こえた。俺と馬淵が、揃って顔を上げる。

「来た」

「来た？」

「来たのかも」

「いや来たんかな」

小声のやり取りは興奮を抑えきれていなかった。しっかりとした歩みで田中さんの方に近寄ってくる若い女性に視線が集中している。不意に訪れたクライマックスの予感に唾を飲み込んだ。心臓が早鐘を打って、耳に流れる細い血管がトクトクと音を鳴らす。

田中さんの足が、わずかに動いた。駆け寄ろうとして駆け寄れず、つんのめったような、一歩どころか半歩にも満たないよろめきのおかげで、二人は向かい合った。

二人が名前を呼び合い、久しぶり、だの、元気だった？　だの、短い言葉を交わしたのは分かったが、距離が遠く、会話はあまり聞き取れない。馬淵がおもむろに立ち上がる。こういうとき、忍び足で動いている方が目立つのだ。トイレに行くような何でもない風で、二人の死角にある植え込みに回り込む。慌てて後を追った。

「……おまえ、プライベートだろ」

「ここまで来て何も話を聞けないなんてなしでしょ。羽山も本当は盗み聞きしたくてたまらないくせに」

「そうだけど」

「なら、自分はマナーあります、みたいな顔をするんじゃない」

反論できない。確かに卑怯だったと反省した。自分だって、遠巻きに眺めて、「あーよかったですねー」の一言では済ませられない。消化不良を起こすだろうし、肩透かしを食らった気分になってしまう。

植え込みにはところどころ、小柄な子供が一人通れるくらいの大きさの穴が開いている。ここで遊んでいた子供たちが、鬼ごっこ中に窮地を脱すべく茂みの細い隙間に突っ込み、それが何度も繰り返されて穴が広がっていき、結果的に奈良の大仏の鼻の穴の一回り大きいサイズの穴が開くのだ。その間から、二人でそっと様子をうかがった。

田中さんの元恋人は、由紀子《ゆきこ》という名前らしい。背は田中さんよりやや低く、スラリとした体形をしている。ブラウスと濃紺のロングスカートというきっちりした服装で身を固めているため、清潔な印象を受けた。高校教師だと田中さんに聞いたことがあったから、バイアスがかかっているのかもしれないが、フルートを吹く姿を見たかったと嘆いていた田中さんが思い出され、密かに共感した。さぞかし似合うことだろう。

温厚で実直、妙な野次馬根性を働かせて構ってくる高校生にも気さくに接してくれた田中さんが、上手く言葉が紡げないようであたふたしている。風が緊張を連れて俺にも乗り移って、知らず知らずのうちに体がぎゅっと縮こまった。一方の馬淵は隣で、身を乗り出し、目を輝かせている。面白いものが見られるぞと言わんばかりの眼差しに呆れた。

「……肌寒い季節になってきたな」

「冬が近づいてくる気配を感じるね。夜はいっそう寒いけれど。今年はもう昨日から暖房を点《つ》けてしまったの」

「確かに、夜は特に冷え込む。……元気だったか？　風邪、ひいたりしていないか」

「うん。心配してくれてありがとう」

「大きな事故とか、病気もなかった？」

「大丈夫。というかその質問、私が学校で、長期休み明けのＨＲの中で言うことと全く一緒。なんかおかしい。それに、懐かしくなっちゃう」

互いに小さな笑いを零す。過去の感覚を取り戻そうとして、でも戻れず、ぎこちなかった会話に少しだけ、息継ぎの隙間が生まれたように感じた。伏し目がちだった田中さんの顔の角度が少し上がり、至近距離で二人が見つめ合う。わずかな間、口を噤んでいた田中さんの唇が開き、ポロリと言葉が零れた。

「この数ヵ月、とても寂しかったんだ。実は、家に行こうかと何度も迷った」

「ずっと待ってたの？」

由紀子さんが後ろめたそうに聞いた。田中さんが小さく頷く。

「ラインしても電話しても繋がらないから。振られた身で派手な行動に出られない。だから、毎日、五時一分にここにいさえすれば、もし君の心が完全に僕から離れない限り、きっとまた会えると信じていたんだ」

「毎日……。そんな待ってるなんて思いもしなかった。いや、もしかしたらと思ったことはあったの。――だってあなた、自分が苦労を背負うことを厭《いと》わないから」

「いいんだ、そんなことは。君に会えれば十分なんだ。どれだけでも、一生でも待つつもりだった」

「そんな」

「まだ君が、好きだ」

由紀子さんは黙ったままだ。その反応を前にした田中さんは不安になったらしく、居心地悪そうに身を捩《よじ》らせる。

「『あなたには分からないと思う』。別れ話のとき、君はそう何度も言った。だから、話をしたいんだ。ちゃんと話そう。分かり合えるように、そうやって今まで時間を共に過ごしてきただろう？」

由紀子さんが俯き、諦めたように薄く笑う。吹いたら消えてしまいそうな弱々しい笑みで、愛《いと》しさと疲れが滲み出ていた。

「私も好きよ。ずっと好き。大好き。でも少しだけ、あなたと距離を取りたくなったの。どうしてか分かる？」

「い、や」

「そう。そうよね」

公園の外を、犬の散歩をしているおじさんが歩いている。遠吠《とおぼ》えが二人の間に介入するように、鋭く駆け抜けた。

「私たち、何度もここでフルートの話をしたよね？　私は人に見られるとどうしても緊張して失敗するから、吹きたくないといつも言って、そのたびにあなたが励ましてくれたでしょ」

「ああ、失敗してもいいし、その失敗まで聴いてみたいと思ったんだ。君がフルートが好きで、吹奏楽部の顧問をしていると知ったときから、君がフルートを吹いているのを想像するのが好きだったんだよ。どんな目をして、どんなにか楽しげに、何の曲を吹くんだろうって。僕相手でも緊張するんだ、きっとフルートに真剣に向き合っているんだろうなと思ったよ。それに、僕もあがり症なところがあるから、緊張するなんて当然のことだと分かっているし」

「それよ。ねえ、あなたは何度も、『分かる』って言うのよ。緊張して吹けないというたびに、分かるよって」

田中さんは深く何度も頷いた。

「緊張なんて、誰だってする。それでミスしたって恥ずべきじゃないし、少なくとも僕は嘲ったりしないさ――」

「違うのよ」

強引に遮った由紀子さんの声は、抑えていても叫ぶようだった。杭《くい》を打つような力強い否定は、拒絶しようとする心にも、抗《あらが》っているようだった。

「分かるわけないじゃない。だって、私にだって分からないくらい、緊張するんだもの。人前に出た途端に、息が上手くできなくなって、管に息が入っていかなくて、もう音なんて出ないの。音が出る以前の問題なの。私は誰かの前で、フルートを吹けたことがないの」

静かな剣幕を前にして、田中さんは由紀子さんを凝視して押し黙った。身じろぎもせず、表情もなかったが、無感情ではないように見えた。

「手が震えるなんてものじゃないわ。お腹や頭だけじゃなくて、心臓から肺、関節に至るまで痛くなるの。全身が強張るの。動けなくなるの。緊張なんて言葉で表せるようなものじゃないの。ねえ教えて。『分かるよ、だけど僕になら失敗できる、だから吹いてみて』って何度も言ったあなたに、本当に『分かる』の？」

怒りと悲鳴が混濁して、もう目も当てられない。苦しみの粒が散らばって、互いに激しくぶつかり合っている。

「分かるわけないじゃない。無理なのよ。私だってどうしてこんなに緊張するのか、ただの緊張でどうして音さえも出なくなるのか分からないのよ。私にも分からないことが、あなたになんて、もっと分かるわけがない」

叫ぶように責め立てる口調が徐々に縋るようになり、最後には失速した。言葉の隅々から積年の疲労が垣間見えた。

「あなたのスタンスは、いつだって『理解し合おう』を前提にしていた。私はそれがどうしても納得できなかった。あなたのことは好きだったから、その考えに迎合しようとして、でもできなくて、疲れたのよ。もう限界だったの。吹けない、無理だからと言うのが辛くなった。だから距離を取りたくて」

「すまなかった」

田中さんが頭を下げた。それは、社会人がミスをしたときに反射的に頭を下げるような、勢いのある謝罪ではなく、ゆっくり事態を咀嚼《そしゃく》しながらの、誠実で心の籠もった謝罪だった。

由紀子さんは静かに首を振った。

「いいのもう。距離を取っていても、会いたくなるだけだと気づいたし。関わることができる大切な人は、大切にしたいと思った。……それはあの子のおかげかな」

「あの子？」

「少しだけ、私の個人的な話をしていい？」

「もちろん」

「……よく面倒を見ていた生徒が、つい先日、自殺したの。ニュースで見ていない？　センシティブな内容だから大きくは取り上げられなかったはずだけど、遺書の文言が出て、少しだけ注目されてしまった」

俺は思わず馬淵の方を見る。馬淵もこちらを見ていた。いつかの倫理の授業。

「知らないな。覚えていないだけなのかもしれないけれど」

「『なんとなく死にます』そう書かれていた。私は現物を見ている」

田中さんははっと息を呑んだ。緑に囲まれた公園の、澄んだ空気が凍っている。

「幾度となく願ったわ。生き返ってほしい。きちんと説明してほしい。だって、高校生よ？　なんとなくで死ぬはずがない。きちんと理由があるはずよ。私は一番傍にいたのに気づけなかった。何度眠れない夜を過ごしたことか。でもね、ふと思ったの。私はあの子に、話してほしいと思った。あなたも同じなんじゃないか。ちゃんと一度、向き合おうと思ったの。あなたはまだ生きている。……会うのも話すのも、別れるのも復縁するのも、生きている者の特権だから」

「……辛くなかったか？」

由紀子さんは苦笑した。

「……辛くないわけがないでしょ。だからごめんなさい。こんなにも会いに来るのが遅くなって。別れを切り出した私から言わせて。私はあなたが好きよ。大好き。もう一回、付き合ってくれない？」

感情を抑えられないといったように田中さんが由紀子さんを強く抱きしめる。エンドロールだ。バックミュージックは何が適しているだろう。さすがに抱き合うところまでまじまじ見るのは申し訳なくて、そそくさと退散することにした。立ち上がったと同時に、腰の骨がポキポキと鳴った。軽やかな音で負荷への文句を訴えてくる。隣で馬淵が悠々と伸びをした。

「なんか、どっちもどっちって感じだったねー。両方悪いっていうか、両方身勝手っていうか」

「おまえやめろい」

思わずツッコんでいた。感動のシーンに、部外者が水を差すんじゃない。

「ハッピーエンドで、当事者が幸せならそれでいいんだよ。いらんことを言うな」

「ねえ、超いらんこと言っていい？」

「なんだよ。言った傍から」

「妙な遺書書いて自殺した高校生の話、私、覚えてたんだけど、たぶん羽山もだよね？」

「ま、な」

彼女が黒滝の元カノだということを、馬淵は知らない。喪を表す黒の服が馴染んでしまっていたその母親と、強がりながら涙した黒滝が、思いもよらなかったタイミングで思い出されて胸を強く圧する。

「私は別に、その人と知り合いでもないし、何が本当なのかも分からない。議論するだけ無駄だと思う、ニュース記事とか動画のコメントとかと同じことはしたくないけどさ」

馬渕は一度、言葉を切った。そのまま遠くの空に視線を流離《さすら》わせる。何かを探しているようでも、何も見ないようにしているようでもあった。田中さんたちから背を向ける方向に歩いている俺たちは、日が沈み切った東の空と対峙している。夜の帷《とばり》が落ち始めていた。紺色の空が、重みをもって圧《お》し掛かってくる。

「別に、不思議とは思わないんだよね。なんとなくで死んだ人がいても。もちろん、その人が本当にそうであるかどうかは知るかって話だけど、でも坂下先生とか、さっきの人みたいに、人間がなんとなくで死ぬはずがない、別の理由が絶対にある、とは、思わないんだよな」

同感だった。このニュースに関するネット記事のコメント欄は、そんなはずがないという意見が圧倒的多数派だったけど。真相を究明するべきだという意見にたくさんの賛同者がいたけれど。授業で発表した女子生徒も同じように話していたけれど。でも別に、そんなの分からないじゃないか。本当に、なんとなく死んだかもしれない。寄ってたかって「何かある」と頭から決めつけるのは、邪推に等しいのではないか。

「『なんとなく』って、私、結構強いって思ってるんだよね。『なんとなく』だけじゃなくて、行動にれっきとした理由が伴わないことが、認められてほしい。何でもかんでも、理性的で論理的なわけじゃない。説明できないことが、理屈がないことが、線が繫がっていないことが、ある。無意識にある行動を取ってしまうことが、ある。絶対にある」

必死にも見えるくらいの強い断定に驚き、横目でそっと馬淵を見やった。逆光で表情が見えない。顔全体に落ちた影が薄いベールになって、感情を覆い隠している。

説明できないことが、理屈がないことが、線が繫がっていないことが、ある。無意識にある行動を取ってしまうことが、ある。絶対にある。

馬淵は全てを突き放すように、はーっと溜息をついて大きく伸びをした。少しだけ深い話になりかけていた雰囲気を元通りに戻すように、いつも通りの皮肉げな笑みを浮かべた。

「まあ死人に口なしってこういうことかーって思ったよ。あの女の人——由紀子さん、だっけ？　なかなかに情が薄そうだったし。ご都合主義っていうか」

「どこが」

気にかけていた生徒の自殺で心を痛めた、どこにでもいる誠実な教師だと思ったけれど。

「え、羽山は何も思わなかったの？」

こいつ鈍いな、頭お花畑だな、と言いたげな顔だった。

「何だよ」

「別に。教え子が自殺して辛い辛い喚きながら、それをネタにあっさり元カレに擦り寄ってるの、いい度胸してるなと思ったけど。その子との話をいいように使って感動を演出してさ。坂下先生っぽさを感じたね。自分を素晴らしい人間に見せるための道具やエピソードをいつも探している感じ。日常をドラマティックにしたいタイプだね」

感動のラストシーンだと思っていた自分が急に恥ずかしくなった。バックミュージックさえ考えていた自分を誤魔化したくて、俺は腰に手を当てて背筋を伸ばす。そのまま仕切り直すように両腕を広げた。

「まあ何はともあれ、幸せそうでよかったじゃん。いい歳《とし》した大人が公園で抱き合うのは、見苦しかったけど」

不幸より幸せの方がいい。他人を見てそう思えるのは、自分が今、決して不幸ではなく、他人の幸せを妬まずに済んでいるからだろう。

「ま、それはそう。世界中の皆が、幸せであってほしいよねっ」

「こんなに言葉が嘘っぽいことが、世の中に存在するとは思わなかった」

「ひっどーっ、本当なのにぃー」

「その妙に可愛い子ぶった口調をやめろ、気持ち悪い」

背丈の分よりうんと長く見える自分の影を追いながら、住宅の間でじゃれているのは楽しかった。田中さんは公園で待つ必要はなくなり、俺たちの野次馬も終わる。疑惑の由紀子さんの人柄はさておき、復縁とハグがあの二人の終幕なら、俺たちの何気ない会話だって、エンドロールを十分に飾れる。

「そういえばさ、明日の文化祭、三宅のバンド、大トリらしいよ。って知ってた?」

「いや、知らなかった」

「何で? 行かないの?」

深く突っ込まれないように、事も無げに軽く言った。

「そのつもり」

「三宅、羽山は来るって言ってたけど」

舌を打ちたくなった。

「一日に七回は誘われてる」

「重い女のデートの誘いか」

智樹はこれまで、行事があるとわりと頻繁にバンドを組み、流行《はや》りの曲をメインに披露している。冷やかし半分で行ってもなまじ上手いから冷やかすのも恥ずかしくなり、結局は素直に楽しむことにはなるが、毎年、欠かしたことはなかった。しかし、今年は別だ。披露曲がブルーノ一色と聞いている。母さんが死んだとき、俺が自室で聴いていたバンドだ。もう二度と、聴きたいとは思わない。

小学生の頃、ブルーノをもう聴かないという話は智樹にしてあったはずだ。二人で熱中していたバンドを唐突に毛嫌いし始めれば、誰だって疑問に思う。智樹が気を遣ってくれて、あの頃から俺たちの間では、ブルーノの曲も、ブルーノという言葉も、その楽曲名も特徴的な歌詞の断片も禁句になった。

智樹がそのことを忘れているとは思わない。バカだし、的外れだが、でもそこまでバカではない。なのにいったいどうして急に、ブルーノを再び俎上《そじょう》に上げ、俺をそのバンドメンバーに誘い、断られれば当日だけでも聴いてくれと参戦を執拗《しつよう》に迫ってくるのだろう。

そこにどんな意味があるのか。考えないようにしてきたことが、喉元に迫り上がるように湧き上がって不安の種を攪拌《かくはん》した。黒く、細いコードが、首元に巻き付いて、『知ってるぞ。おまえだろ』と耳元で囁いた。手のひらに爪を立てる。

「友達のバンド、何で行かないのさ。そんなに誘われたのに」

馬淵の何気ない独り言に抉られながら、明日の学校祭に思いを馳《は》せた。体育祭、暑すぎる天候だったらしんどいだろうな。体育祭のリレー、一人か二人くらいは抜かして、いいところを見せたい。最低でも抜かされないようにしないと、カッコ付かない。智樹は今年も、バンドの楽曲披露の前に唐突なる一発芸で場を沸かせるのだろうか。見たかったとは思う。けれど、ブルーノの曲は、もうたくさんだ。

第四章

1

体育祭と文化祭が一日で終わってしまう、学校祭当日。

この自称進め。黒板にはチョークでそう書かれていた。隣のクラスの黒板には、失われた青春を金で返せ、と書かれているという。

去年のことを思い出した。朝学校に行くと、ごみ屋敷《やしき》の殴り書きのような荒い文字で、横暴に制裁を、と書かれていた。人が集まってもその文字をどうしていいのか分からず、腫れ物に触るように皆、話題にするのを避けていた。過激な思想集団が初心《うぶ》な高校生を洗脳しにきているみたいだと俺は思った。

二年目になると、そういうものだと認識しているせいでたいして驚きはしない。逆に少し嬉しかった。高揚感を自分の内側に感じた。当日になってしまうと、もう日程の変更がないことは分かりきっている。なら文句を言うのをきっぱりやめて、開き直って弾丸スケジュールさえ楽しんでしまおう、そのための落書きなのだと、黒板に叩きつけられた汚い字が主張している。清々しい朝だった。

午前の体育祭に向けての着替えを済ませていく。全校生徒が一斉に着替えるため更衣室が足らず、男子は教室、女子は特別教室を更衣室として代用しているが、一人着替え終わったらまた一人登校し、着替え始めるため、女子は一向に教室に入れない。廊下で何分も、男子の着替えを待たされている。

「ねえ男子まだー？」

「まだー？」

「早くしてー」

三十秒に一回は苦情を申し立てられるため、急ぎはするものの、でも急いだところでまた誰かが登校し、着替えを始めるから意味ないよなと思う。着替えを完了させ、トイレに行こうかと思ったが、今、教室から出ると針のような目で見られそうだ。我慢することに決める。大人しく席に着いた。

「陽介ー」

振り向くと、智樹がいた。

「何」

「やっぱおまえ、オレのバンド、絶対見に来いよ」

「パス」

「いいから来いって」

「パス」

「来てくれって。おまえのための選曲なんだから」

智樹がはあ、と息を吐く。アンニュイな溜息なんて似合わないくせに、今だけは様になっていることに腹が立つ。何で来ないのか、理由を聞いてこない、その気遣いにも腹が立つ。自分より大人に振る舞われることが気に食わない。とりあえず何でもムカつく。

そして何より、智樹にこんな態度を取らせている自分にも苛々した。折り合いを付けられていない感情と、強引にも手を差し伸べてこようとする智樹を前に、自分が我儘な子供みたいに駄々をこねているだけのような気がして、自分がみっともなく思えてくる。

始業の時間になる。朝のHRを制服ではなく体操服で受けているということが、お祭り感に拍車を駆けている。

浮足立った面々を前にして、教卓で出欠を取っていた坂下先生が、きょろきょろとあたりを見回した。

「あれ、西井さん、いないかな」

西井さんの席に目をやると、確かにそこは空席になっていた。体が弱く、学校を休みがちで、来ても車椅子で生活していることも多い西井さんは、負荷の軽い借り物競走に出場することになっている。遅刻か欠席か。サボりの三文字がちらついた。普段なら、絶対にそんなことは思わない。でも今日だけ、すぐにその発想に至った。

「欠席連絡、来ていないな、珍しい。事故に遭ったりしていないかしら。心配だからちょっと後で職員室で確認してみます」

そこでHRはお開きとなった。カバンから着替えなど余計なものを取り出し、外に持っていく水筒などだけを中に詰める。応援席に置くための椅子を抱えて外に出た。

半日で体育祭を終わらせるため、開始時刻はかなり早い。気が緩んだ途端、かなり大きな欠伸が出た。隣の黒滝が話しかけてくる。

「小中と、行事の日の給食って、いつもカレーじゃなかったか？」

「そうだっけ」

「俺のところはそうだった。でも今、弁当か購買のパンだろ。何かあの、盛り上がる行事のときに、教室に戻ったらカレーのにおい！　わあ！　っていう興奮をまた味わいたい」

カレーか。そういえば、今日の夕飯に金村さんがまた来ると聞いた。金村さんが毎度カレーを作ることと死んだ母の得意料理がカレーだったこととは、決して無関係ではないだろう。いつもの、何か足りない、でもとても美味しいカレー。

……また来るのか、今日の夜。

嫌なことを思い出してしまった。

金村さんが家に来るようになって数ヵ月経つのに、未《いま》だに俺は初めの頃と同じように、そのことを嫌なことだとして捉えている。けれど再婚話が停滞し、ずっとこの状況が続いていることも嫌になってきていて、その状態を生み出している自分もまた嫌で仕方ない。

八つ当たりの代わりに黒滝の肩を小突いて、何もしなかったかのようにその横を素通りしていく。「ちょ、なんだよおい」と追いかけてくるのを無視しようと思ったが、そうせずに、「おまえ今、彼女いるのか」と聞いてやった。

「聞けよ。テニス部のパンダっぽい目の子、分かるか。あの子から告白された。今度こそ、長続きさせてやる」

「あっそ」

好きなのかどうなのか聞かなかった。長続きさせろよとは思う。幸せでいろよとも思う。もう空っぽになって自分の欠落に目を向けて苦しむ黒滝を見たくはなかった。

開会式の校長の話は、珍しく長くなかった。安全第一に、熱中症に気を付けてと言ったその額に汗の玉が光る。俺はところどころに綿雲が浮かぶ空を見上げた。秋には珍しく蒸し暑い天気だ。風が蒸気を含む空気を動かす。すでに背中が汗ばんでいた。

小、中、高と進むにつれ、学校行事が淡白になっていく気がする。小学生の頃は歌まで歌っていたのに。解散の号令が出て、だらだらと足を引き摺りながら控え席に戻る。手の角度、脚の上げ方まで指導されて行進していた時代が懐かしい。

最初のリレーに出る友人を見送って、暑さを和らげるためにタオルを頭の上に載せる。この後の時間はもうフリーダムだ。教師陣は本部テントから出てこないため、スマホを触ってもバレやしない。勝手に教室に戻っても、きっと見つかりやしない。クラスメイトの応援をせず室内で涼んでいたことがバレれば信用を失うのだが。

普段の体育の授業は選択科目で、球技やラケット競技が多く、単純な徒競走をすることはないため、意外な人物の足が速かったりする。そのたびにおお、という歓声が上がるのが、何だか楽しい。部活仲間の活躍に妬《や》くこともしばしば。自分の出番はあっという間に終わった。順位をキープしただけだったが、まあ抜かされるよりはマシだろう。『俺全力を出しました疲れました労わってくださいアピール』にならないよう、可能な限り息を整えて控え席に戻る。

西井さんは連絡がつかないままらしく、急遽《きゅうきょ》借り物競走の代走を立ててくれと途中で先生から言伝《ことづて》があった。補欠一番手に役目が回る。

普段部活で鍛えられているというのに、たった数百メートル全力で走っただけで、やたら疲れた。背凭れに体重を預けて、何の気なしに校舎を眺めていると、窓の向こうに人がいるのが分かった。遠いし、電気の点いていない校舎と外では、こちらの方が断然明るい。顔ははっきりと見えなかったが、ふと思い立って、席を離れた。

トイレの横を通り抜けて、そそくさと校舎内に入る。教室に、目的の人物はいた。西井さん。今日は車椅子を使っていない。つまり、体調は悪くない。

俺が教室に入ると、西井さんはパッと振り返った。その目が驚きに見開かれ、そのまま動かない。表情に怯えが混ざっていた。言い訳を考えて、思い付かず、思考停止しているのだろうか。言い訳なんてそんなもの必要ないのに。

右手は後ろに回されていたが、ピンポン玉を持っていたのが、俺には見えてしまった。数ヵ月前まで、部活が始まるまでの時間潰しにやっていた、くだらない卓球。馬淵が部活をやめ、智樹がバンドの練習で多忙になり、黒滝の少し前までの彼女が帰宅部だったことなどの事情があって、最近はすっかりその習慣は途絶えていた。

西井さんがポツリと何か言ったが、聞き取ることができなかった。「ん？」と返すと、今度は先ほどより少し大きい声で謝罪を口にした。

「……ごめんなさい」

まだ目は逸らされたままだ。俺は努めて軽い口調を作る。

「気にすることはないよ。まだ外は暑いし、体調が悪くなったら困るだろ。身体が弱いんだったら、体調の悪化が不安であれば、好きに休めばいいと思う。教室でだらだらしてるのだって、本人さえよければ、体育祭の立派な思い出だよ」

的外れなことを言っている自覚はあった。あえて話を逸らしたつもりだったが、西井さんが苦しげに首を振った。

「違うの。……ごめんなさい」

違うことは分かっている。謝りたいことも、謝りたい相手も、謝りたくないことも、知っている。

今にも泣きだしそうな西井さんの懺悔《ざんげ》は痛ましく、これ以上、本人の口から何も言わせてはいけないと思った。痛み分け。ぎゅっと目を瞑った西井さんから、少しでも罪悪感を取り除きたかった。

西井さんが悪いわけではないのだ。当日に連絡なしで欠席したぶんの迷惑は誰かにかかっているに違いなかったが、でも人のことを慮《おもんぱか》ることができる西井さんが、理由なく無秩序な行為に打って出たりしない。

「借り物競走、そこまで出たくなかったんだ」

ずっと暴いてほしかった悪事を暴かれたように、西井さんは深く首肯した。そんな重大な罪を自白するみたいな態度じゃなくてもいいのに、と思った。

「私は別に、私のために競技を作ってほしいなんて言ったこと、一回もない」

再び顔を上げた西井さんの両目は、強い意志で光っていた。体が弱い。ハンデを持ちながら生活していた中で溜まった恩義の蓋が外れ、拒絶が諸手《もろて》を挙げて噴き出していく。その勢いに言葉を失った。

「球技大会のときもそうだった。特別ルールって言って、走り回らなくてもいいように、バレーボールのサーブ専門員制が導入されたよね。嫌でも分かるよ、あんな露骨なことされたら。

あのルールは、私のためのルールだって。たぶん私がいなかったら、そんな変な変更、絶対になかった」

「……それは、分からないかもしれない」

「分かるよ。なかったに決まってる」

穏やかな西井さんの口から出たとは思えない、断定的な物言いに驚く。ずっと苦痛にさらされていた西井さんだからこそ、判断できることがたくさんある。下手に口を挟むことができなくなって、聞き役に徹することになった。西井さんだって、暗くて底のない谷間に、叫び散らしたいだけなのだ。

「小学生の頃もあったの、こういうこと。運動会の台風の目で、『仲間外れは作らない』の精神のもとで、私だけ車椅子で参加させられた。全力で走って何かあったらまずいからって、走らせてはもらえなかった。走ってもどうせ遅いから一緒なんだけど。そのときは、クラスで一番足が速くて体力のある子が、わざわざ押してくれたよ。重かっただろうに、嫌な顔一つしなかった。でもやっぱり、走るのと車椅子は速さが全然違って、私のグループはどんどん追い抜かされて、離されて、結局負けた。誰も私を責めなかったよ。終わった後に先生が言うの。『結果は不本意かもしれないけれど、皆で参加できた。それは結果以上の価値があると思わない?』って」

ああ。

それは、しんどい。

西井さんは無理やり口の端を釣り上げて、笑顔を作ろうとした。

「うん。辛かった。何でだろうね、私は一回も、そんな形で競技に出たいですなんて言ったことがないんだよ。もちろん、クラスの皆のことは好きだったから、参加はしたかった。でもそんな形じゃなくて、そうだな、ただ隣でわいわい騒いで、皆のことを応援できていたら、それで十分に満足だったんだよ。心から楽しめた。なのにいつも、絶対に望んでもいない配慮をされるの。訳知り顔で、『本当はもっとやりたいって自分から言っていいのよ』って」

華奢な体軀《たいく》を雁字搦《がんじがら》めにする、体の弱さと的外れな善意。差し伸べられた温かな手が、彼女の首を微笑みながら絞めている。

「我慢なんてしてないのにな。私のこうしたい、ああしたいっていう希望を自分の基準で推測して、『あなたはこれを望んでいるでしょう?』って差し出される。受け取り前提で、私に拒否権はない。今回の体育祭だってそう。私がいつ、どうにかして競技に出たいから代案を考えてくださいなんて言ったの。種目決めのとき、借り物競走の説明してる坂下先生の誇らしげな顔、忘れらんないよ。あのとき、何回も目が合ったの。よかったね、もちろんやるよね、私あなたのために頑張ったよって」

これほど強い思いを抱えていたのかと、西井さんの静かな感情の爆発に驚いていた。嫌がっているのだろうと漠然と察してはいても、その推察は彼女の感情の大きさにまるで届いていなかった。

途中で口を挟むことができずにいたが、坂下先生の話が出て、黙っていられず口を開いた。

「あの人が悪いんだ。いつも自分基準で、人の感情を決める。相手の意思を無視してるなんて、思いもしない」

「そうなんだよ。そうなんだけどね」

後ろめたさが残る表情とは裏腹に、言葉鋭く本心を吐露していた西井さんが、長い溜息をついた。もう投げ出してしまいたい。もう勘弁してくれ。勝手なことをするな。これ以上私を苦しめるな。膿《うみ》を出すような不満や批判が、一つの絶対的な事実に帰着される。何も悪くないのに深く項垂れる西井さんの、軽く握りしめられた手が、これまで一人で耐えてきたものの重さを物語っていた。

「あのね。あのね。皆、いい人なんだよ。今まで出会った人たち皆、いい人なんだよ。悪意なんてないの。私のためだけに、善意で動いてくれているの。一生懸命、私のことを考えてくれるの。長い間悩んで、行動して、そうやって、頑張ってくれているの。自分のことじゃないのに、親身になってくれようとするの。特にね、坂下先生。すっごくいい人なんだよ。優しいんだよ。ものすごく。何でも言ってねって、困ったことはない？　我慢してない？　って。すごい寄り添おうとしてくれるの。いい人なの」

知っている。クラス全員、いや、あの人の授業があるクラスの全員が分かっている。教師としての思いやりがあり、倫理観に優れ、他者を気遣う、優しい人物だ。とても素敵で、素晴らしい先生だ。皆知っている。そして本人が一番、自分がそんな人物であると知っている。

「知ってるの。いい人っていうのは、もう分かったの。分かってるよ。感謝しなきゃいけない。けど」

けど、の後に続く言葉はなかった。俺はグラウンドの方面を睨む。まだ本部テント内にいるだろうか。いつものような律された笑顔で、明るい声で声援を送っているだろう坂下先生の姿を想像する。

馬淵が部活をやめた件や、俺が球技大会のときにクラスで浮いていると勘違いしたときだってそうだ。何かあると深読みしたら最後、その考えのまま猛進して、絶対に改めようとしない。

決めつけるなよと思った。隠れた感情を理解できた気になるなよ。自分の価値観を他者に当てはめるなよ。自分だったらこう思う、を相手にも当てはめて満足するなよ。

善意は凶器だ。拒絶する受け手に非があるように感じられる。優しさならどんな種類でもいいと思うなよ。自分が与えたただ一つの選択肢に、無自覚に束縛するなよ。

いっそいい人じゃなければよかった。無神経で横暴で、無茶苦茶な人だったら、西井さんもその手を乱雑に振り払えた。遠慮も躊躇いも、罪悪感も生じない。

西井さんはそれ以上話さない。顔がどんどん下を向いていく。

教室の外、廊下を歩く足音が遠くに聞こえて、西井さんがパッと顔を上げた。教室の後方のドアまで歩き、ドアに手を掛ける。

「ごめん、ちょっと閉めさせて」

西井さんは再び俯いた。目を逸らすように斜め下の床に視線を移す。

「自分で自分にびっくりしちゃって。こんな喋ると思ってなかったから。ごめんなさい、こんな話をして」

俺は首を振った。気にしないで、とは言わない。そんなことを言っても何の救いにもならないということは、俺が俺自身の体験から十二分に知っている。

「俺は気にしてない。これからも、捌《は》け口《ぐち》にしてもらってもいいし」

西井さんは疲れが残る顔で苦笑した。

「ううん。もう忘れて。私が言ったこと全部。怒ってたのも、傷付いていたのも、もう全部すっきりしたから」

きっとタガが外れたタイミングに、たまたま俺が居合わせただけで、本当は本心をさらすつもりは微塵もなかったのだろう。今日の体育祭が明日には昨日の出来事になる、それと同じ速度で、全て水に流して置き去っていくつもりだったのだろう。なら、ずっと覚えていて、気を遣ったり、心配したりする方が迷惑だ。

「分かった」

「でも、最後に一つだけ言わせて。羽山君たちに、ずっと言いたかったことがあるの」

「何？」

「私は羽山君とか、三宅君とか、理央ちゃんたちと一緒に、アホみたいな卓球、したかったよ。本当はただ傍で見てるだけじゃなくて、参戦したかった」

急速に胸が詰まった。自分が今、痛いほど真剣な目をしているのが、感覚的に分かる。

「どうせすぐに体調が悪くなっちゃうだろうから、絶対にできないんだけどね。だからありがとう、『やる？』って声を掛けないでいてくれて。ずっと私がその場にいるのを気に留めないでいてくれて、本当にありがとう。ずっとお礼を言いたかった」

今度はこちらが項垂れたくなった。体の力が抜けそうになる。強烈な安心感に包まれていた。間違っていなくてよかった。心からそう思う。

西井さんがやりたがっていることも、体の都合でできないことも、きっとあの場にいる全員が分かっていた。だから、誘ってはいけない。誘ったけど断られたから仕方ない、という事実で自分たちの心を軽くしてはいけない。あの場にいる六人を、参戦している人、参戦していない人に二分化してはいけない。

智樹はバカだけどバカじゃない。馬淵は露悪的だが、根は悪い人ではない。だから皆、何も言わなかった。何も言わずに、西井さんのポジションを受け入れてきた。プレーしていないけれど、一緒の時間を共有し、空間を共にしているとその姿勢で主張しようとしてきた。

「最近、卓球、やらなくなってたけど、どうして？」

「色々と都合が合わなかったんだ。でもまたやるよ。そのときはまた一緒にいてくれると嬉しい」

西井さんの顔に、花弁が開くようにゆっくりと笑みが広がっていく。俺がここに来たとき、すぐにでも泣きそうな顔だったことと、まだ目の周りがうっすら赤いことを思えば、今の言葉で正解だったのだろう。

正解だったのだろうか。ふと思った。卓球台に見立てたいくつかの机と、ラケット代わりの道具たち。あの混沌とした空間で、西井さんが全く傷付かなかったことはきっとないだろう。参戦したかったと語った言葉が何よりもの本心で、誘わなかったことをありがとうと言った気持ちも本音だったとしても、もっと上手い言葉はなかったのだろうか。

いややめよう。思考を遮断するように首を振る。これ以上は、強がった西井さんに失礼だ。

俺は少し悪戯っぽく笑って聞いてみた。

「今日は一日サボり？」

「うーん、午後から迷い中。私、学校サボるの初めてで。慣れてなくて、そわそわするんだよね」

「そのそわそわを楽しめるようになれば一人前だ」

「嫌だな、そんな一人前。じゃあ午後からちゃんと行くか」

二人で笑い合い、じゃ、と手を振って俺は教室から出た。校庭の方からは、昨年流行った女性アイドルグループのポップな音楽が聞こえてくる。競技中のＢＧＭが、これほど遠くまで響いてくるとは思わなかった。近隣住民には、さぞかし迷惑なことだろう。それとも年に一度の高校生のお祭りということで、懐かしんだり、楽しんだりしてくれているのだろうか。

窓の外を見ると、ブロック対抗リレーの途中だった。プログラムに照らすと、とうに借り物競走は終わっている。何位でゴールしたのだろう。その結果は、俺も西井さんも知らないままでいい。

2

死ぬ気で働け、と言われた。俺たちのボス、いやビッグボス、クラス委員長からだ。

十一時半に体育祭が終わり、文化祭の始まりは十三時半。その二時間の間に、体育祭の片づけと文化祭の準備を終わらせる。運動後は腹が減るため、昼食を抜くわけにはいかない。はっきり言って鬼畜だ。かなりタイトなスケジュールの中全てのミッションをこなすべく、俺たちは今、クラス委員長を始めとするクラスの役員たちに、奴隷のようにこき使われている。ブラックバイトの現場のようだ。心の中で「聞いてないぜこんな激務！」と金切り声で喚き散らしている。『限られた時間の中に工夫を見出せてこそ我が校の生徒』が学校側の弁だが、横暴というより他はない。

教室前のドア横に看板を貼り付ける。遠くから見たら目立つように配色された看板は、後ろから見ると段ボールとガムテープが剝《む》き出しになっている。木の板を買う時間と予算がなかったための苦肉の策としての段ボールだったが、脆く、折れてほしくないところで簡単に折れてしまう。教室の内装も、凝ろうとして失敗し、新聞があちこちから顔を出していた。床には、使用後のカラーペンや画用紙が散乱している。

急いでとクラス委員長の檄《げき》が飛ぶ。彼女は今日いったい何度、早くしなきゃヤバいと叫んだだろう。普段、あまり厳しい口調になることのないクラス委員長は、打ち上げで大変労《ねぎら》われるに違いない。裏では、怒らせると怖いタイプ、と囁かれるかもしれないが。

なんとか準備を終え、文化祭が始まった。どこのクラスに遊びに行こうかと、黒滝と廊下をぶらぶらと歩く。急造のお祭り雰囲気はそこかしこに欠陥があった。ドアの飾り付けが途中のまま放置されていたり、まだ机を移動させる音が聞こえてきたり。ごった返す廊下の酸素濃度は薄く、でも一日だけと考えればアドレナリンで乗り切れる。

「今、智樹はシフト?」

「そう。黒滝いつ?」

「そろそろ。おまえは?」

「俺、免除。体育委員だったから」

時間が短いため、全員がクラス企画の運営シフトに入る必要はないのだ。

黒滝のシフトの時間になり、教室前で別れる。ちょうど教室から智樹が出てきた。俺を見つけ、ツカツカと歩いてくる。

「おまえさ、今から暇だろ」

「まあ」

「いや、今じゃないんだ。ずっと暇だろ」

「失礼な気がするのは俺だけか」

「バンド、来いよ」

盛大な溜息が出た。目を瞑る。やっていられないというように。

「おまえのためなんだ。おまえに伝えたいことがあって、今日の曲を選んだんだよ。絶対来いよ。頼むから」

俺のため。そんなことだろうとは思っていた。瞼一枚を隔てた向こうで、智樹の切実な視線を痛いほどに感じる。

「なあって。来れば分かる。来てほしい。全部、おまえを責めるつもりはないから」

「体調が悪いんだ」

踵《きびす》を返した。嘘は当たり前にバレているだろう。それでも追ってこない。先ほどの西井さんとの会話を思い出した。奔走する坂下先生と、しつこくバンドに誘ってくる智樹の行動が重なる。金村さんが来ているときに抱く自分の感情も蘇った。好意的に接してくれる気遣いに応えられない自分に対する自己嫌悪。優しさはこんなにも苦しい。

今日はもう帰ろうと思った。文化祭は黒滝と十分に楽しんだ。片づけに参加しないのは申し訳ないが、体調が悪いと言っておけば何とでもなるだろう。カバンを摑んで、昇降口へ向かう。早退の連絡は、保健室に一言、声を掛けるだけで済む。

学校をズル休みしたのは、小学校の頃、母さんが死んで以来だ。忌引き期間が終わってもまともに活動する気になれずに、一日中、そのあたりをぶらぶらしていた。気の向くままに歩き、休み、泣いた。いつも通りの時間に帰っていたからその頃はバレていないと思っていたが、今思えば小学生が連絡なしに何日も学校を休めば、家に連絡が行くに決まっている。父は気づいていたはずだ。そのことに俺は、ずっと気づかなかった。

電車に揺られていると、ふと時々、視界が白くなった。薄っすら気持ち悪ささえ覚える。電車で酔ったのは初めてかもしれない。

ホームに着いた直後も、人混みの独特の空気が不味《まず》く、ゆっくりとしか改善しなかった。猫背で自転車をだらだらと漕いで家に向かう。そういえば今日、父が午後の仕事が休みだった、ということを思い出したのは、家の駐車場に父の車があったからだった。

カギを開けて、中に入る。見慣れた女物の靴。金村さんが来ている。ただいまと言えずに、黙って自分の部屋に逃げようとする。ダイニングから聞こえてきた話し声に、つい聞き耳を立てしまった。

「私が啓介《けいすけ》さんを選んだ一番の理由を言わせてもらってもいい？」

金村さんの声だ。

「……もちろん」

「あのね、私が啓介さんを選んだのは、啓介さんが一番大切にしているのが私ではないと最初から分かっていたからよ」

「どういうことだ？」

「啓介さんの最優先事項は、いつだって陽介君と千夏ちゃんの二人。私と二人でいるときに、子供が風邪だから帰るような露骨なことはしたことがなかったけれど、そうね、籍を入れるタイミングだったり、顔合わせの仕方だったり。懸念事項はいつだって二人に関することで、私のことはいつも二の次だった」

「すまなかった。だが、そのあたりのことはどうしても譲れない。分かってくれ。陽介が受験生になる三年生のときに、身辺をごちゃごちゃさせていてはまずいだろう？　けど、陽介の受験が終わるのを待つと、その頃には千夏が小六だ。思春期が始まる前に、同性の気軽に話せる人を、作ってやりたかった……確かに、私は美和のことを、まるで考えていないな。本当にすまない」

「いいの。私はそれがすごく安心できたから。自分の大切な人が、誰かを大切にする姿勢を知ることができた。それに、価値観も合うんじゃないかと思った。自分が大切にすべきものは何か、子供たちだってちゃんと分かってるんだって」

「辛い思いをさせていたなら、謝りたい」

「だから、本当にいいって言ってるでしょ。……ねえ、私、もし陽介君が再婚を認めてくれなくて、一緒になれなかったとしても、それでいいと思ってるの」

「どうして」

「結婚は、その二人の話。でも再婚は、家族の話でしょ？　私たちの意思と同じだけ、いやそれ以上に、あの子たちの意思は守られるべき。子供より大人が重んじられる世界があっていいはずがない。だめなら、仕方ない」

「でも」

「やめて」

「君は」

「やめてよ」

「でも君はそれで本当にいいのか」

「やめてって言ったじゃない。私がこの言葉を言うのに、どれだけ悩んだと思っているの？」

「俺が説得……する、……かもしれない」

「語勢があまりに弱いのよ。したくないいんでしょ。いいのよ。でもそうね。私も希望を言えば、あなたと、陽介君と千夏ちゃんと家族になりたかった。母親でなくてもいい。でも家族になりたかった。千夏ちゃんだけじゃない、陽介君のことも、見守りたかったのよ。受け入れられなかったようだけど。でもそれはどうしようもない。もちろん陽介君に非はない」

やめてくれよと叫びたくなるのをぐっと堪える。唇を嚙んだ。嚙み切りたいと思うほどに、強く。強く。

痛い。

胸を抉られるという表現が現実を模しているならば、取り出された心臓を見た気がした。胸が張り裂けるようなと言うならば、誰かが裂く音が聞こえてくる。そこにあるのは誰の手だ。金村さんか、父か。もしかしたら自分なのかもしれない。

母を死なせたのは自分だという自責の念から、再婚を阻む義務があるように感じていた。けれども、父や金村さんに対して、親たちの都合で環境に変化が起こっていることへの不満や、年頃の子供の気持ちを考えていないのではという批判的意識を持ったことはない。持たせないようにどれだけ考えてくれていたかに、意識が回らなかった。

どんなに自分は、誠実に向き合ってこなかっただろう。我儘に主張ばかりをしていただろう。その裏で父と金村さんはどれほど苦悩していただろう。自責の念と後悔が体内に蓄積して、ぎゅっと密度を増していって、熱を帯びていく。

いい人だったから辛かった。西井さんは繰り返し言った。こういう気持ちが積み重なっていったのかとその行き場のない苦しみを思った。西井さんほど本意でない善意を押し付けられたわけではない。けれど、ただそこにいい人がいて、その人たちとすれ違ってしまう。たったそれだけのことで、こんなにも削られるとは。金村さんも父も、紛れもなくいい人だ。いい大人だ。だから、こんなにも辛い。

金村さんと初めて会った日。小洒落たイタリアンのレストラン。父が話す言葉はまるで台本を読み上げているようで、隣に座る金村さんの表情は固く強張っていた。カレーを作りに家に来るたび、言葉は砕け、表情が柔らかくなっていった金村さん。俺と千夏がいないところで、父と一対一で話している今、余所《よそ》行きの仮面は剝ぎ取られ、やっと素顔が見えている。そこで出た言葉が、苦渋の果てに再婚を諦める、なのか。剝き出しの沈痛さをまとっていて、だからこそ全ての言葉も滲む優しさも痛みも本当なのだと疑いようもなく分かる。

手の力が抜けていく。持っていた弁当箱を落としてしまい、大きな音を立てた。「……ちょっと見てくる」「私も」という二人の声に、ここを立ち去るべきだと脳が警報を鳴らす。けれど、上手く動けない。落とした弁当箱を拾うこともできない。ぎこちない足がかくりと折れたとき、父が部屋から出てきた。その後ろから金村さんも顔を出す。

「……陽介」「陽介君?」

目が合う。耐えられなくなって、弾かれたように外に出た。教科書の入っていない軽いリュックが肩に食い込んでくる。後ろでドアが閉まる。怪我防止のためにゆっくりと閉まるドアが、静かな音で俺を拒絶し、どこかに行けと駆り立てる。もう一度、ドアが開く音がした。はっと振り返ると、父がそこに立っていた。声を発せない。

なんてことない、落ち着いた口調で、「おかえり」と言われた。ただいまと返そうとして、まだ自分は本来学校から帰っていないはずの時間であるということを思い出した。

「早いな、今日。いつもそんなもんなのか」

どうして早いんだとは聞かれなかった。この詮索や口数の少なさがありがたく、でも今まで、そのありがたみを立ち止まって感じようと努力することはあまりなかった。無愛想で、不器用な父だと結論付けて、距離を置く言い訳にしてきた。

聞いていたのか、とか、いつから聞いていたのか、とも問われない。ただ唐突に、宙に投げるような重みのなさで、ポツリと言われた。

「陽介、おまえは難しい奴だな」

どっちがだ、と言い返したかった。

「そんで、繊細なんだろうな。今でも覚えてるんだ。母さんが死んで、スイミングをずいぶん長い間休んで。コーチが厳しかったから、忌引きなら証明書を出せって詰め寄られたよな。横で聞いてたおまえが言ったんだ。『不幸をわざわざ証明したくはありません』って。驚いたよ。ほんと、繊細なんだ。誰に似たんだろうな。母さんなわけがないからな」

独り言のような父の語りは聞きやすかった。父の声は少し低く、渋い。併走してもらっているような感覚に陥った。その関係は今までもずっと、きっとそうだったのだろうと思った。

「しんどかったろ、この数ヵ月」

ふわりと父親に抱きしめられたような気がした。実際にはそんなことはなく、ただ秋にしては温かみのある風が吹いて、父の着ている上着が小さくはためいただけだった。

「辛かったろ。母さんにも、美和にも気を遣って。妹のことも考えて。結構、気を遣うんだよな。陽介、おまえはずっと、そういう兄だったもんな。母さんが死んでからもずっと、兄だったもんな」

んな立派じゃねえよ、と声にならない声で叫んでいた。

「陽介。話し合ったんだ、美和と。俺たちはやっぱり、再婚しないことにした」

「……んだよ、それ」

やめろよ。泣き出したくなった。やめろよ。なんなんだよ。

「おまえが反対してるからとか、二人の了承が得られなかったからとかじゃないんだ。そんなことは関係なしに、やっぱり再婚はいいとなったんだ」

「……んだよ、それって」

俺が反対したことが、関係ないわけないだろ。

「ごめんな。困らせたろ。美和がうちに来るのは、今日が最後だ」

「やめろよ」

「母さんのこと、気にしてるんだろ」

心臓が大きく爆ぜた。真正面から父を見ようとしたが勇気が出ず、自分の足元まで視線が戻る。血流が耳元で波打つ。速いしうるさい。それに痛い。

「別に、してな――」

「もう気にするな。誰も責めていない。陽介、おまえは悪くない。だから後悔するな」

喫煙所さながらの息苦しい場所で、最後にタバコの火を押し付けられたようだった。毒々しい跡が瞬く間に深部へと伝わっていく。それ以上何も言わずに家に戻る父の背を見られなくて、俺はドアに背を向けるように壁にもたれかかる。溜息をつくと、その息が煙になり優雅に立ち上っていく。自分から離れて、遠ざかりきる前に消えていく。

気にするな、後悔するな、か。口の中で呟くと苦みが染み出してくる。飲み込むと喉が痛い。滲んだ涙を誤魔化して、俺は逃げるように歩き出した。どこにも行く当てがない。だからこそ、歩くしかないのだ。これは母が死んでから、学校をサボって目的なく歩き続けたときの感情に似ている。どこに行けばいいのか分からなくて、そのことを実感したくなくて、ただひたすらに歩き続けていた。

そう見えてしまっていたのだろうか。自分のせいだと責めているのが分かったら、気にしなくていいと言われるに決まっている。これまでだって何度も、不器用な優しさで慰められてきた。だからこそ、母のことで迷っているわけではないように見せてきたつもりだったのに。

未だ心臓がか弱い悲鳴を上げていた。今度は冬を思わせる細く鋭い秋風を受けて、線状の痛みに巻き付かれる。ポケットに入れたスマホがラインの着信を知らせたとき、聞き慣れた音のはずなのに、仕込まれていた爆弾が爆発したように背筋に衝撃が走った。

スマホを取り出す。智樹からラインが来ていた。その場で立ち止まってスマホを触る気分になれず、近くの公園にとりあえず入った。遊具がなく、広場の形も歪で使いづらい公園で、人気がなく閑散としている。

智樹とのトーク画面を起こす。動画だった。だいたい何の動画か分かっていたのに、まともな判断力が機能していれば絶対に開けなかったのに、何も考えられなくてつい再生してしまう。あまりに疲れすぎていて、誰かの優しさを拒絶するのも受け入れるのも、もう選べなかった。

動画が再生されるまでの待ち時間で、また通知が来た。

『どうだ、仮病を使って帰った気分は』

『最高だろ』

『もう動画で、送ることにした』

文化祭のステージで、智樹がバンドメンバーとして歌う姿の動画だった。ステージの中央に堂々と立ち、斜めにギターをかけ、力強くマイクを握りしめている。

イントロが流れる。聞き覚えのある曲だ。小学生の頃、ブルーノの曲は全て何度だって聴いた。これは『満月が眠る夜』だったか。物悲しげな前奏から、予期しないタイミングでポップ系の曲調に移行する。ブルーノの曲は全体的に、ちぐはぐさや歌詞の曖昧さやメッセージの強さが好評だった。どれだけ追っても追いきれていない気がして、いくらでものめり込んでいく。以前、インタビュアーが当時の新曲で話題だった部分を指して、『この独特な表現にはどんな意味が込められているのですか？』と聞いたとき、作詞担当が『特には、何も』とあっけらかんと答えていたことがあった。その潔さが、果たして彼の言葉は真実かとまたネットで大きな考察合戦を呼び起こした。

続く『陽光が痛い春』『時計の針は目を回さない』とライブは続く。智樹の熱量が画面越しにも伝わってくる。懐かしい。すべて聞き覚えがある曲で、母が死んだとき、俺が見ていたツアーファイナルのライブ映像のセットリストをそのまま智樹は再現しているのだとすぐに気づいた。あのときの後悔が蘇る。全身が硬直して、目が離せない。智樹の歌声と、あの日聴いていた歌声と、悲鳴と物音、全ての音が混ざり合って、混沌を煽《あお》り立てている。智樹がギアを上げた。観客のボルテージも呼応して上がって、会場が一体になっていく。

画面に大きな水滴が落ちた。雨かと思い空を見上げるが、空には白くて軽い雲が浮かんでいるだけだ。頬が冷たい。そのことを実感したとき、初めて自分は泣いているのだと気づいた。

やっぱりブルーノの曲はいい。好きだ。耳心地のいいメロディラインも、洒落た伴奏も、思わせぶりな歌詞も、メンバーのキャラクターも全部。ライブ映像が特に好きだった。激しいパフォーマンスの中の、テクニカルな体使い。調和の取れた世界観。歌唱中は楽曲の内側に生きているると言ったのはボーカルだったか。暴れるスポットライトを浴びて、ベースのピックが輝く。

大好きだった。けれど、嫌いになった。八つ当たりだと分かっていても、恨まずにはいられなかった。全てなかったことにしたかった。そうすれば、母が帰ってくるような気がしていた。実際にあり得ないと分かっていても、そうであってほしいと願っていた。まじないのように賭けていた。

三曲目が終わり、智樹がＭＣに入る。あと一曲だとアナウンスすると、観客から惜しむ声が上がった。笑顔で手を振って応えてから、不意にまじめな表情になる。スタンドから外したマイクを握りしめ、目はまっすぐに、この動画の撮影者のカメラに向けられていた。スマホという媒体を通してではなく、智樹と直接対峙しているような感覚に陥る。唾を飲んだ。しょっぱい味がして、もう笑うしかないのに、笑うこともできない。垂れるなよ、みっともないから。涙にそう訴えても、もう止まらない。

「オレはこのバンドを小学生のときから追っかけています。曲だけじゃなくて、メンバーが書いたブログだとか、特集番組とかも全部。このバンドメンバーのインタビュー記事を読むと、楽曲への思い入れの強さは分かるものの、あまりに発言が抽象的だったり、謎めいていたりするせいで、その思い入れが具体的にどういうものなのかということをはっきりと摑むことはできません。簡単に言うと、秘密主義なんです。ファンを惑わせて楽しんでいる、という節もあるかと思います」

バカな智樹が、まじめなスピーチをしているというだけで驚くのは失礼か。

「けど次――ラストに弾く曲だけは違います。一年前リリースされたシングルだけど、メンバーが事細かく、楽曲制作のきっかけを語っています」

一年前にリリースなら、俺が知らない曲のはずだ。

「捻らず、繕わず、バカみたいにまっすぐに思いの丈を楽曲に込めたと言ってました。音楽にしか伝えられない言葉と感情があって、立派なコミュニケーションツールになっている、とも。上手く言えないけど、何かよくないですか？　オレ、そういうの大好きなんですよ。音楽に乗せて、自分の気持ちを伝える、みたいな。小中学生の頃、事あるごとに合唱させられませんでしたか？　講演会の後なんかに、お礼の歌みたいな名目で。ああいうのうんざりしてた人も多いと思うんですけど、オレは大賛成でした。曲中にありがとうって入ってたら、感謝が伝わってて、命の大切さを訴える歌だったら、皆それに感化される、前向きに生きようと思える、みたいなことを、ずっと信じてきたんです」

智樹のバカは、バカ正直のバカでもある。純粋だという意味のバカでもある。観客の静聴の中を、智樹の凜《りん》とした声が梳《す》いていく。智樹がマイクを右手から左手に、そしてまた右手に持ち替えた。緊張しているときの智樹の癖だ。画面越しの俺にまで伝染してくる。スマホを持っていた手が滑りそうだったので、一度拭いて、またしっかりと持ち直す。ブルーノへの怨嗟《えんさ》と懐かしさで混乱していても、もう目は離さない。

「この曲は、ヴォーカルの友人がその友人を亡くしたとき——なんかややこしいっすね。でも、友人が大切な人を亡くしたときに、その人、自分のせいだって落ち込んで、動けなくなって。そんな風にひどく後悔する友人を励ましたくて書き下ろした曲らしいです。後悔についての曲です。バカみたいにまっすぐで、歌う人、聞く人にまっすぐに届く曲です。オレも今日、届けたい相手がいる。だから全力で、心を込めて歌います。じゃラスト一曲、お願いします。盛り上がっていきましょう」

ライトが絞られる。イントロが流れる。智樹が息を吸う。空気が震える。

ブルーノとは思えないくらい、シンプルな曲調で直線的な歌詞の曲だった。今までの曲とは何かが違うと、観客が変化を感じ取り、体育館の雰囲気をまた新たに作る。

ライブ性重視の盛り上がる曲だったこれまでと違い、しっとりした、歌詞に熱心に耳を傾けてしまう曲だった。後悔についての曲だと智樹は言った。音楽に乗せた気持ちは伝わると信じているとも智樹は言った。作曲者が友人に伝えたかった想いが、智樹の言葉になって体に沁《し》みる。静かな熱。この数ヵ月間、俺に言いたくて、言わなかったことの全てが俺に響いてくる。

サビに入って転調し、智樹が引っ掻くように激しくギターをかき鳴らし始めた。ボーカルが強くなり、より目立つようになる。叫ぶように智樹が紡ぐ歌詞に、俺は激しく動揺した。母が死んでから何度も、面と向かって智樹に言われたことだった。

おまえのせいじゃないんだよ。誰がおまえを責めるって言うんだよ。だから後悔するなよ。

死んだそいつだって、そう言うに決まってるだろ？　いつまでも引き摺ってんじゃねえよ。

視界が滲む。熱を込めて歌う智樹の輪郭が曖昧になって、ステージと判別できなくなっていく。

曲が終わった。と同時に、ラインの通話のアイコンが画面に浮かぶ。智樹からだ。仮病で帰ったことを責めるでも、ライブの感想を求めるでもなく、出し抜けにこう来た。

『オレのイヤフォン切ったの、おまえだろ』

目を瞑る。ワイパーのように、涙が瞳の表面から削《そ》ぎ落とされる。

智樹のイヤフォンのコードを切り刻んだのは、俺だ。

3

父の再婚話の後、一人で逃げ帰って、疲れて寝て、久しぶりに嫌な夢を見た。母が死んでからもう何十回も見た、イヤフォンのコードに首を巻かれる夢。自分の首が絞まるのに、抵抗しようと足をバタつかせて起きたこともある。父や妹の首が絞まっていくとき、必死に解こうとしても解けたためしはない。その日は母で、母の首にイヤフォンのコードが棘《いばら》のように絡みつくのを助けようとして走っても、なぜか反対側にしか進めない。そんな夢だった。何かあるのかと思い振り返るとそこはライブ会場で、いつのまにか自分はペンライトを振り回している。唐突に暗転して、自分は遺体安置所にいた。現実では発作で階段から転げ落ちた母の首には、赤く線がついていた。

母が死んでからずっと、夢見の悪さに悩まされてきた気がする。例えば親戚と会った日の夜や、年忌のあった夜、偶然どこかの店でブルーノの曲を耳にしてしまった日の夜などは最悪だった。どうしてこんなにと思うくらい、母の死にまつわる夢を見た。

夢の中での自分は、泣き叫び、無茶苦茶に暴れ、机を蹴飛ばしパソコンに穴を開けていた。イヤフォンに八つ当たりし、壁に投げたり千切ろうとしたり、それこそ刃物で切ったりしたこともある。こんなものがこの世に存在しなければ。奥底に埋められて、決して表面化することのない衝動が発散されているのだと思った。

きっと俺の中で、ブルーノのＣＤ、それを再生していたパソコン、そして何より、他の音を遮断していたイヤフォンこそ母の死の象徴としてあるのだなと思った。それらを壊し、めちゃくちゃにしてやりたいという思いが拭えず、日頃、抑えているぶんが夢に表れるのだろう。そんな呑気に分析できるのも、起きている間だけだ。

夢の中では、自分の体をコントロールできない。目が覚めて初めて夢だったと知る。あの日はそれがなかった。夢から覚めることがなかった。ああ、夢か。そう腑に落ちるタイミングがなかった。現実で起こってしまった。それだけのことだ。

その前日、金村さんと会ったことで、母への思いがぶり返したからかもしれない。西日が窓から差し込む角度が、あの日と酷似していたからかもしれない。理由なんてどうでもいい。きっとありとあらゆることが引き金になったのだと思う。今にも崩れ落ちそうだった高い塔が、一つの瓦礫《がれき》の崩落をきっかけに一息に倒壊するように。表面張力でぎりぎりを保っていた水面が、鋭くとがった爪で弾くと破れ、水が流れ出すように。

一人で忘れ物を取りに帰った放課後、智樹の机の上にイヤフォンの忘れ物を見て、突如、あの日に戻ったような錯覚に陥った。こんなものがなければと思った。母が死ななかったかもしれない。母は死ななかったはずだ。母は死ななかったに違いない。これさえなければ。自分の中に湧き起こった強烈すぎる感情に突き動かされた。母が死ぬ前に、壊してしまわなければ。手が勝手に動き、ポケットからハサミを取り出し、気づけば切っていた。肉食獣が獲物を嚙み切るように、ハサミを握る手に力が籠もる。もう歯止めは利かなかった。あの数分、誰かに体を乗っ取られたかのようだった。何もかもが思い通りにならない、夢とまるで同じような感覚。我に返って、目前に広がる事の跡を見てぞっとした。夢で何度も見たような光景が現実になっていることに愕然《がくぜん》とした。

悔しさを抱けない鈴木。恋人と長続きしない黒滝。理屈ではなく、どこか欠けているのだと思った。俺も同じだ。自分が制御できる部分を越えた強い感情が奥底に眠っていて、衝動に突き動かされてしまったこと。どうしてイヤフォンのコードを切ったのかと聞かれて、筋道の立った説明などできやしない。拒絶感で体が勝手に動いて、止められなかっただけだ。後悔しているからというだけでこんなことが起こるなんて、普通ではないと分かっている。


俺が黙っていると、智樹がもう一度言った。

『イヤフォンの事件の、犯人、おまえだろ』

震えを押しつぶして聞き返す。

「あのアリバイ調査だとか、恨みのセンだとか、指紋だとか、ふざけた調べ方で分かったのか」

智樹はせせら笑った。

『なわけあるか。オレは、あの残骸見た瞬間に、おまえの仕業だって分かってたよ』

全部、最初から分かっていたのか。

嘘だろ、と言いたかったのに、喉が渇いていて、声が出ない。唇が開かない。粘性のある唾液が気持ち悪い。

『分かりやすすぎなんだよ、おまえ。表情とか言葉とか。サルでも分かるぞ』

言葉を返せない。

『それにだってオレ、おまえのアンチイヤフォンの度合、知ってるし。小学生の頃、ちょうどおまえの母さんが死んだ直後にさ、二人でゲームしてて。ゲーム機にイヤフォン差したらおまえ、いきなり摑みかかってきて、取っ組み合いの大喧嘩になったこと、あったろ。覚えてないのか』

「ないな」

でもあっておかしくない話だとは思った。

『まじかよ。真っ青な顔でギャン泣きして、挙句、拗《す》ねて帰ったくせに。強烈すぎて、オレは忘れようにも忘れられないぜ。初めてオレ、おまえのこと嫌いになりかけたもん。こいつマジでうぜー何なんだよって。イヤフォン差して何でキレられなきゃなんないんだって。だから今回の件が起こったとき、真っ先におまえの顔が思い浮かんだ』

「じゃあ何で、あんな的外れな犯人捜しを」

的外れにこそ価値がある。それが智樹の美学だった。智樹は今さら思い出したように言う。

『ああそれか。それはだな、おまえに謝らせたかったんだよ。昔、言ってたろ。「謝りたくても謝れないってしんどい」って。これも覚えてないのか』

「ない」

けど、そう思っていたことは覚えている。墓場に何度許しを乞うたって、墓石はうんともすんとも言わず、それがとても辛かった。

『ったく。何でオレがこんなおまえのことに詳しいんだ。気持ち悪。でもとにかく、そうだな、オレはおまえがすぐに謝ってくると思ったんだ。そしたら許すぞって気満々で、でもおまえ、一向に白状しないから、オレが差し向けてやろうと思ったんだよ』

「差し向ける」

『犯人捜しが目の前でやられてたら、罪悪感に責められて自白すると思ったんだ。幸い、オレはまだ生きてるからな。謝れるだろ、おまえの母さんの場合と違って』

冗談めかした智樹のセリフを俺は呑気に笑っているわけにはいかなかった。イヤフォンを破壊されても怒ることなく、謝罪をさせることで俺の気持ちを楽にさせようと、的外れな犯人捜しに勤しんでくれたのだ。バカを散々からかっておきながら、肝心なところでその度量の大きさに助けられようとしている。

「今さらだけど、ごめん。本当にごめん」

電話越しなのが余計に申し訳なかった。膝に手をつきたい。智樹は軽く笑い飛ばす。

『オレこそごめん。最初、何て言ったら皆がやる気になってくれるか分からなくて、「やべえ奴」って言いまくったし。傷付いたよな、ごめん。それに、夏過ぎたあたりかな、おまえがあまりに飄々としてっから、ムカついて八つ当たりしたし。本当は知ってるんだぞって喉元にナイフ突き付けようとした』

智樹が唐突に渡り廊下に呼び出し、迫ってきたときのことだ。

「そのまま怒ればよかったのに」

『それはだな。言ってたよな、おまえ。「いけないと分かっていながらやったんなら、必要なことだったんだろ」って。それで何か、まあおまえにも事情があるんだろうなって思ったんだ。まあいいかなって』

「そんなこと言ったか？」

『言った。おまえ記憶力悪いな。オレより頭悪いんじゃないのか』

失礼な。ただ智樹が印象に残ったセリフを、俺は何気なく口にしているから記憶に残っていないだけだろう。

二人の間を分けるように、沈黙が流れていく。束《つか》の間《ま》の息継ぎの時間に、夕暮れに向けて一段階、あたりに影が落ちたような気がした。グラデーションの境目を目の当たりにする。

受話器の向こうで、智樹が今日一番優しい声音になる。

『何度でも言うよ、オレ。おまえの母さんが死んだのは、おまえが助けられなかったからじゃない。おまえのせいじゃないんだ。だから気にすんな。後悔すんな。罪悪感なんて面倒なもの、背負わなくていいんだよ』

風が高い音で鳴く。日が落ちるスピードが速くなり、自分の影が濃くなって、輪郭が夕闇に同化していく。

何も言えない。代わりにスマホを少し耳から離し、そっと溜息をついた。感謝もある。でもそれ以上に、諦めがいくつもの窓を開けて顔をのぞかせる。

――バカだな、やっぱこいつは。それでいて結局はいつも、的外れなんだ。

父も同じようなことを言った。後悔しなくていいと。気にしなくてもいいと。これまでにそう何度も慰められ、そのたび、この人に俺の感覚は一生伝わらないんだろうなと思い続けてきた。

違うんだよ。俺は吠えるように胸の中で反論した。その咆哮に悲しみが落ちる。虚しさが混じる。諦めが広がる。

後悔したくてしているわけじゃない。気にしなくていいよと言われても、端から気にしたくて気にしているわけじゃないから、そう言われても無意味なのだ。罪悪感なんて得たくて得たわけではなくて、もし感じずに済むのならそうありたかった。こんなにも苦しみたいわけがなくて、でも後悔してしまうから苦しさは持続する。

数え切れないくらい何度も、あの日をやり直したいと思った。母の発作が起こったとき、階段から落ちた音にいち早く気づいて救急車を呼べていたら。あと一秒でも早く、俺が行動できていたら。ライブ映像を見ていなかったら。

そう考えるたび、いやでも多分、結果は変わらなかったとも思う。発作はそれほど重かったと聞く。頭蓋骨に罅が入るくらい、落下の仕方は悪く、衝撃は凄《すさ》まじかったらしい。だから自分がどう動いていようが、母は死んでいた。その事実は案外、自分の中に真実として落とし込まれている。でも、それでも。

もしも自分の振る舞いの何かが違っていたら——。たらればの余地を残してしまったせいで、もっと苦しむことになった。もしこうだったら、ああだったら、そうだったら、どうだったら。あり得たかもしれない別の過去を想像するたび、後悔に打ちひしがれる。もし満足のいく精一杯の行動を取って、それでもだめだったら、どんなに悲しかろうと納得はできていたはずだ。仕方なかったと思えていたはずだ。これほど苦しみが尾を引いていない。

後悔に納得したかった。しょうがないんだ、自分は精一杯やったと穏やかな気持ちで悲しんでいたかった。

ん、と智樹には短く返事をした。今自分が思っていることをありのままに言っても、きちんとは伝わらなくて、また同じように、気にするなと言われるのがオチだろう。これまでだってずっとそうだった。それでも、的外れな犯人捜しに奔走して、文化祭のライブで歌って、その動画を送って。長い間、俺のために考えてくれた。欲しかった言葉をくれなくても、そうやって気にかけてくれる友達がいるということは、幸運なことだとも思う。だから智樹の的外れには大きな価値がある。

「ありがとう、色々と。あとほんとに、ごめん」

智樹が笑った。

『謝罪なら、オレ以外にもちゃんとしとけよ』

スマホを持つ手に力が入る。

『馬淵にも、ちゃんと謝れよ。階段から突き落としてごめんって』

馬淵の話も、似たようなものだ。

厳密には、故意に突き落としたわけではない。事故だ、と主張することもできる。けれど、じゃあその事故の犯人は俺だ。

階段をよれよれと降りていく馬淵のタオルが赤かった。それが血を想起させ、死に際の母に重なった。馬淵が母に見えた。ありふれた放課後の階段が、自分の視界の中でだけ一瞬にして赤黒く染まった。血の海に溺れて窒息するような恐怖に駆られた。母さんがいる、と思った。

呼び止めようとした。何でここにいるのか聞こうとしたのかもしれない。あの日のことを謝りたかったのかもしれない。正面からもう一度、顔を見たかったのかもしれない。母さんがそこにいる。いる。いる。そのことに頭が支配されて、平静ではいられなかった。

笹井と直前にしていた会話で、「ブルーノ」と聞き間違えた箇所があり、ちょうど気を取られていた。二人ともショートカットで、馬淵の背格好が記憶の中に薄っすらとしか残っていない母の背格好に似ていた。だからそんな錯覚を起こしたのかもしれない。

けれど、そんな言い訳のような理由に意味はないのだ。だって、母はもう死んでいて、そこにいたのは母ではなく馬淵で、家の階段だと思った場所は、ただの学校の階段でしかなかったのだから。

赤いタオルを落とした馬淵が、血を吐き、頭からも血を流して死んだ母とリンクして、ただ呼び止めようと振り上げた手が、距離感を間違えてしまって、強く馬淵の背を弾いた。「わっ」と慌てた馬淵の声は、何をどう勘違いしようと母ではなく馬淵のもので、冷や水をぶっかけられたように自分を取り戻したときにはもう遅かった。柔らかで温かい馬淵の背中の感触が、手のひらにずっと消えずにいつまでも残っている。突き落としてしまう前、錯乱状態で、母さん、と叫んだか叫んでいないのか、誰に聞くこともできやしない。

4

智樹との通話を終え、馬淵に電話を掛けた。何度も呼び出し音が鳴り、もう切ってしまおうかと思ったとき、馬淵が電話に出た。

『……はい』

馬淵らしいと言えば馬淵らしい、生気の感じられない声だった。

「ごめん、寝起き？」

『違う。疲れただけ。今帰り道』

「ああ」

今日は学校祭で、体育祭と文化祭の二本立てというハードスケジュールをこなした日なのだ。満身創痍《そうい》で猫背になり、足を引きずって歩く馬渕の姿が目に浮かぶ。

「今、ちょっといい？　それとも後でかけ直した方がいい？」

『何？　電話だったら今にしてほしい。帰ったら速攻で寝る。っていうか誰が聞いてるか分からない家の中で電話とかできない』

「そっか、あのさ」

言ったきり、黙ってしまった。智樹の件と違って、俺は馬渕に怪我までさせている。ただ謝ってそれで済むものなのだろうか。

「あ、のさ」

声が乱れた。けれど、悪いのは自分だ。責任がある。

「おまえを階段から落としたの、俺なんだ。本当にごめん」

返事はない。馬渕の様子や反応は一切うかがえないのが不安を掻き立てる。電話の向こうはブラックボックスに等しかった。固唾を飲んで次の声を待つ。

『ああ、それか』

馬渕が溜息をつく。

『それ、ああそうか、でもうん。どうでもいいよ』

相変わらず投げ遣りだった。あっさりしすぎていて拍子抜けし、馬渕らしいと思いはしたが、その淡白さを今回は不自然に感じてしまった。それに、事が事だけにさすがに食い下がらないわけにはいかない。

「でも、怪我させたし。どうしたらいいのか言ってくれ。菓子折りを持って謝りに行くことも、治療費出すことも、何でもするから」

『じゃ、ハーゲンダッツで』

フードコートで注文する品を決めたかのような口調だった。

『私、バニラ一択派だから、間違えないでね』

「それだけでいいのか」

『何、まだ欲しいの？』

数秒間掛けてその意味を理解して、一瞬、言葉に詰まる。

「優しいな、おまえ」

『……やっぱストロベリーも追加で』

「……照れんな」

『うるさい』

いいよと言うだけではない。代償を請求することで、こちらの心を軽くしようとしてくれているのだ。こういった気の回し方が自然にできてしまうのは、馬淵の頭がよく、そして根は繊細だからだろう。そして大抵はその気遣いが他者に伝わらず、悪いように取られてしまう。馬淵は実際以上に悪い人と思われてしまっている。

「でもごめんな。部活やめたの、怪我のせい？　体育とか普通にやってるけど、後遺症とか残ってないよな？」

『あー、全然。部活やめたのは本当に怪我関係ない。軽い捻挫で、一週間包帯巻いとけって言われたけど、実際は三日で済んだし』

帰宅途中だと言っていた馬淵が、少しだけ移動したのが分かった。砂利を踏み締める足音がわずかに漏れてくる。静かなトーンで、馬淵は言った。

『あのさ、そっちが勝手に白状して謝ってスッキリするってなんとなくずるい気がするから、私からも一個、暴露していいかな。別に羽山に害があったって話じゃないけど』

「何？」

『私、赤ちゃん誘拐したんだよね。部活やめたの、そのせい。退部させられたわけじゃないけどさ、部の人たちに見られたから、いづらくなって』

「……ごめん、もう一回言って」

『部活仲間と気まずくなったから、退部した』

「違う、もっと前」

『ハーゲンダッツはバニラとストロベリーでよろしく』

「ツッコミ待ちだろ」

『間違いない』

馬淵は笑った。カラカラに乾いた笑いだった。

『小さいニュースになってたから、見たことあるかもしれない。結構前の部活の試合で、皆で電車に乗ってるときさ、赤ちゃんベビーカーに乗せてるお母さんが、ずっとスマホゲームに夢中で子供に見向きもしないの。だから、このままだと誘拐されるよって思って誘拐した』

天気予報を話すように口調は軽い。そのギャップに戸惑いながら、そういえばそんなニュースを見たことがあると思い出した。あれの犯人が馬淵。俺は率直にわけわかんねーと感じ、智樹とゲラゲラ笑い、ニュースのコメントにわけわかんねーと書き込んだ。

今だって、正直なところ、訳が分からない。

「……このままだと誘拐されるよって思って、誘拐した」

取り合えずしてみた反芻《はんすう》が、壊れかかった機械を連想させた。プログラムにない操作をされて、普段のような反応が望めなくなっている。

『そそ。何かさー、私自身がちっちゃい頃やられたらしいんだよね。電車の中で、親の注意不足でベビーカーから抜き去られたんだって。それだから、何だろうな。うーん、何だろ。あのさ、いや違うな。何だろう。ええとね』

違和感を覚えるくらいに淀《よど》みなく話していた馬淵が、言葉に詰まり、誤魔化すように同じ言葉を連呼する。声音は明るいままだ。底がすっぽりと抜け落ちている。

『何だろうな。勝手に動いちゃうんだよね。電車で放っておかれてる赤ちゃん見ると、あ、誘拐されるかもって。「困ってる人を見かけたら自然と体が動きます！」みたいな比喩的な意味じゃなくて、気づいたら腕の中が重いんだよ。我慢できないし、しようとする意思とかないの。肩を摑まれて初めて気づく。あれ、何か持ってるって』

右手に、切り刻んだコードの硬さと突き落とした背中の熱が蘇る。息を吞んだ。

雑音を尽く《ことごと》拾う電波の向こうで、自嘲気味な笑いが雑音を押しのける。

『おかしいでしょ。いいんだよ、訳分からん、って言っても』

言葉は肯綮に中り、震えが入り混じる声に何も答えられない。自分についても同じだった。

母を思い出したからコードを切った。階段で声を掛けようとした。

自分だって、訳が分からない。

そんな自分なのに、馬淵が言っていることだって、訳が分からない。

もう何もかも訳が分からなくて、投げ出したくなる。

『ニュース、読んだよ。自分がやったことに対する記事。私だって思ったもん、自分のやつ読んで、こんな人いないでしょって。絶対に嘘ついてるでしょって。どの媒体の記事でも、コメントは大荒れだった。他人の感想を知りたくて、全部読んだよ。あり得ない、嘘つくならもっとマシな嘘をとか、頭おかしい奴だって書いてあった』

私も思うよ。囁くように、馬淵が言った。

いつからか、ニュースのコメント欄を見るようになったという馬淵。わけわかんねーとコメントした俺。あれは、世の中の率直な感想だ。素直に、自然に考えて、俺たちはわけわかんねーと評されることをやって、言っている。そのことを自覚している。

『訳分かんないことを訳分かんない理由でする人、いるよね。はあ？　ってなるやつ。たぶん、私がそれだ。もっと他の理由があるんだと一斉に思われるくらい、枠の内側に収まらないことをやってるんだ』

でも実際、事実なのだ。俺はコードを切り、馬淵の背中を突き、馬淵は赤ちゃんを抱きあげた。自分だけが事実と知っていても、決して誰も納得しないと知っているほど信じがたいこと。何より自分自身、納得できていない。常識的な観点から冷静に考えたとき、自分にも否定される疎外感。

ありえないだろ、そんなの。

心の奥底からの叫びが胸の中で爆発した。体が四方に飛び散って、血をボタボタと撒き散らす。他の誰かが同じようなことをして、同じような理由を話したとしても、馬淵の誘拐ニュースを見た時同様に、俺は絶対にそんな理由でそんなことをしないだろうと断言してしまう。自分のしたことが文章化されたとして、その記事を読み終えても、『そういうこともあるかもしれないね』とは絶対に思えない。『本当は違う理由があるのでは？』と思ってしまう。自分が一番、おかしいことだと思っている。そんなことないだろと断言してしまう。自分に対する拒絶はこんなにも手厳しい。

「聞いていいか。その馬淵が誘拐されたときのこと、覚えているのか」

返事は短かった。

『いや。全く』

平たい沈黙が薄く引き伸ばされる。このままずっと黙っていたかった。馬淵の笑い声に入り混じる震えがどんどん大きくなって、聞いている俺の呼吸も呼応して速くなっていく。電話越しに浅い呼吸をしている二人の男女の高校生は、悲劇を砕いた欠片のようだった。

『赤ちゃんだよ？　覚えてるわけがない。自我がある段階でもないから、本当に、どうでもいいことのはずなんだよ？　私が誘拐されていようが、他の全く知らない誰かが誘拐されていようが、私にとって実質的には無関係なはずなんだよ？　なのに』

もう笑うしかないねー。ウケるわー。あははははは。

馬淵が話している間、ずっと頑《かたく》なに手放さなかった〝他人事感《ひとごとかん》〟に罅が入っていく。馬淵を覆う分厚い膜がぼろぼろと剝がれ、脆い内面がさらされていく。

俺は視線を伏せる。不穏な気配を感じさせるオレンジ色の夕闇に自分の影が溶けて、輪郭を消していた。時間経過と共に、得体の知れない不気味な気配に存在を握り潰されていく。どうしようもないくらいに苦しくて、俺は公園のフェンスに凭《もた》れかかって空を見上げた。灰色の雲がうまい具合に太陽に重なって、ベールのように陽光を覆い隠す。眩しくないのに、俺は目を瞑った。普段の馬淵らしさをもう完全に繕えなくなった、絞り出すような声が耳に這い寄ってくる。

『ねえ、何か言ってよ。お願いだからさ』

笑えよ、と思った。馬淵、ちゃんと笑っとけよ。それがおまえのキャラだろ。貫いておけよ。守っておけよ。

人は楽しいとき、嬉しいとき、面白いことがあったときに笑うわけではない。笑いたいときに笑うのだ。不細工でも不格好でも、強がりたいなら強がっていればいい。

『何なんだろうね、ほんと』

虚空に投げられた問いは、あるはずのない返答を切実に欲していた。行く当てもないままに、受け取り手を探して彷徨《さまよ》っている。これまでに馬淵は何度、このだだっ広い海に同じ疑問を投げかけたのだろうと思った。自分より少ないといい。そう強く願う。

「俺さ」

言葉が口を突いて出た。

「後悔してんだ。ずっと」

『何を』

「色々と」

詳しくは話さなかった。そ、と馬淵はいつものように、そっけなく答える。

「後悔しなくてもいいって、何百回も言われた。今日もまた、二人」

『羽山的には、後悔してたいんだ』

「してたいわけじゃないんだけど」

次の言葉に詰まる。苦しみたくて苦しんでいるわけではない。後悔したくてしているわけではない。こんなにも重荷になっているのだから、すぐさま捨ててしまいたい。それはもちろん前提としてある。

けれど、全てをなかったことにして放り投げたくもなかった。自責の念を忘れていたくなかった。他の誰に許されようと、自分だけが許せない。

「気にしなくていいなんて言うなよって思うんだ。だって実際、俺のせいなんだから」

『ん』

「忘れられるわけがない。堂々とできるはずがない」

『ん』

「でもじゃあ、ずっと、俺が悪いんだ俺が悪いんだって言ってらんないだろ。皆、俺のせいじゃないって言ってくれるんだから。でも俺は、俺だけは知っている。俺が俺を逃さない」

しゃくりあげるような息をした。勢いのままに飛び出ていた言葉が、上手く呼吸できなかったことでようやく止まる。

馬淵が、馬淵らしくない柔らかい声で語り掛けた。

『ねえ。後悔することを、他の誰かに遠慮する必要なんてないよ、羽山』

スマホを持つ手が震えた。嗚咽《おえつ》を上げそうになり、死ぬ気で唇を引き結ぶ。聞かれてたまるかと思った。地団太を踏み、感情の強さを分散させようとする。視界の端で涙が光る。礫《つぶて》のようなそれがそのまま落ちて、アスファルトで弾けた。どうしてこの子は、いつだって俺が一番欲しい言葉をくれるのだろう。

分かるよ、同じだよと言いたかった。母が死んでからもう何年も、一番誰かに言ってほしかったことを言ってくれた馬淵に、俺も同じだよと言いたかった。俺も変なんだ。何か欠けてるんだと言いたかった。感情は理屈じゃない。自分の意思とは関係ないところで、どうしても行動してしまうことがあることを打ち明けたかった。はっと我に返り、血の気が引く瞬間を共有できると手を挙げたかった。

だが口を開こうとするずっと前に思い止《とど》まる。分かるなんて偉そうで浅いことを言ってはいけない。馬淵の苦しみを自分と勝手に比類して、理解したつもりになってはいけない。似ていると自己判断しただけで、本当はまるで違う類のことを、同じ言葉で語っているだけかもしれない。

目を閉じると瞼の裏に浮かび上がる、優しく手を差し伸べ、慰めようとしてくれた人たちの顔。分かっている、理解しているなんて、俺は人には絶対に言うことができない。そんなつもりにもならない。

代わりに俺は、何とかして別のことを言おうとする。馬淵に何か言ってやることで、俺のために文化祭でバンドを組んでくれた智樹に報いられると信じて。

「なあ馬淵、大丈夫だ」

何が、と言われる前に続ける。

「おまえ、そんなことがあってからもまだ、平然と電車通学してるだろ。おまえの神経は図太い。だから大丈夫だ」

大丈夫だ。その一言に力を込める。俺だって大丈夫だ。あんなことをした翌日にも、智樹と馬淵と普通に接していた。大丈夫、問題ない。自己暗示だとしても、自分が信じればいいだけのことだ。

馬淵が呆気に取られたような間の後、ぷっと噴き出す。

『何それ』

普段通りの、俺が最も慣れ親しんだ、人を小バカにしているような笑いが懐かしい。だから大丈夫。これからも大丈夫。悔しさを感じない鈴木。思うように女と長続きしない黒滝。緊張して人前でフルートを吹けない田中さんの彼女。あの人たちだって、普通にちゃんとやっていけている。隠していても隠していなくても、大なり小なり、皆それぞれ悩みはあって、どこか欠けていたって、それがどうにもならなくたって、案外やっていけるのだ。

『そっか。確かに、私たち、大丈夫だ』

馬淵の声は優しく穏やかで、荒れた感情がゆっくりと戻っていっていた。その声音に、俺の気持ちも徐々に凪《な》いでいく。

『それから羽山。ありがとうね』

てっきり、今日のこの電話のことだと思ったけれど。

『ありがとう。階段から落としてくれて』

と言われ、

「ん？　んん？」

と気の抜けた反応をしてしまった。

『私、羽山が階段から落としてくれたこと、むしろ感謝してる。私がやらかしちゃったことと、それで釣り合った気がして、あれのおかげで折り合いが付けられたの』

茶目っ気がある馬淵もまた珍しい。馬淵は意味不明なことを言って、俺の困惑を引き出して楽しんでいるように思える。

『なんだかんだ言って、私が電車内で連れ去ろうとしちゃった赤ちゃんには申し訳ないって思ってた。ボーっとしてたその子のお母さんにも。気にしてたときに、階段から誰かに落とされて思ったの。これが報いかって。ならしょうがない、むしろ清々したなって』

「そうなんだ」

馬淵は馬淵で、色々と思うところがあり、自分自身で折り合いを付けられるところに付けていったのだろう。

『まあハーゲンダッツはよろしくだけど。この際だから限定味も頼もうかな』

ちゃっかりしている。

馬淵が憂鬱そうに吐き出した。

『話変わるけど、にしても田中さんは、正直、当てが外れたな』

「ああ、そういやあれ、何だったの」

『何って？』

「何であんなに執着してたのかってこと」

『あああれね』

熱気がコンクリート上でのたうち回るような猛暑日にも、馬淵は公園に通い詰めていた。

『最初、妹から話を聞いたときさ、絶対やばい人だと思った。私みたいに急にやばいことするんじゃないかって。嬉しかったよ、仲間が見つかった感じでさ。到底理解できない異常なことを、私の他の誰かがするところをこの目で見てみたかった』

ちゃんと理由があったのかと納得していると、馬淵は語調を変えた。

『まあ単純な暇潰しの意味合いも大きかったけど。部活やめて、学校には残りづらいし、家に早く帰ると親に何か言われるし。あと、乗り掛かった舟？　みたいな。いったん始めちゃうと、今さら心折れるのもなーと』

「そっか」

『あああとそうだ。余談だけど、田中さんのストーカーしなくて済むようになったから、部活に復帰しようと思ってる』

ストーカーだという自覚はあったのか。

『ブランク半端ないだろうけど。走ったら肉離れの危機』

「頑張れ若者。そういえば、笹井の電話の件は何だったの」

頻繁に電話を掛けてくるようになった、と言っていたはずだ。

『部活の試合に行く電車でやらかしちゃったから、部員は皆、私のことをやばい人間って思ってるのは分かる？』

「まあ」

『だから、茉奈ともすごい気まずかったの。だけど、急に電話してくるようになって。部活に復帰しろとか、もう忘れたから大丈夫とか、ちゃんと話そうとか言ってくるようになって。必死さにびっくりしたよ。何でこんなにもって。あれは結婚したら鬼嫁になるね』

「やっぱり笹井は後見人だな。偉すぎて驚いてる」

『ね。ほんとそう』

馬渕が本心から同意してきたのが分かる。声に深みがあった。

話が通じねえ、もう諦めるよと叩きつけたくなっただろう人を、俺は何人知っているだろう。坂下先生や父、智樹と関わった俺をその筆頭にして、馬渕もそうだろう。どこか上手くいかないと悩む黒滝は、独りで隔絶を感じ、会話さえ諦めているかもしれない。鈴木は、俺が部活に戻るよう説得したとき、自分の感情の説明のニュアンスの通じなさに歯痒《はがゆ》い思いをしただろう。ずっと言葉をのみ込み、坂下先生や別の誰かを笑顔で受け入れてきた西井さん。緊張でフルートを吹けないと言った直後、大丈夫だと励まされてしまった田中さんの彼女。なんとなくと遺書に記して死んだ女子高生も、そうだったのかもしれない。

分かり合えない、理解されないという考えは変わらない。でも。

「俺たち、人に恵まれたな」

心の底から、一点の曇りもなくそう思えてよかった。

智樹が的外れな捜査に労力を費やし、バンドでブルーノの曲を選び、俺を何度も勧誘してきたことを思い出した。俺には智樹が、馬淵には笹井がいて、二人ともとんでもなくお節介で、猪突《ちょとつ》猛進型で、とことん心配されてしまって。

『私も、それだけは思うよ』

智樹の立ち回りを鬱陶しく思ったことはあったけれど、ちゃんと価値があった。ちゃんと意味があった。きっと馬淵も、笹井の世話焼きに救われた部分もあっただろう。話す内容を決めていないという意味不明な笹井の電話に何度もうんざりしたとしても、励まされたこともあったたろう。

たぶん俺たちは、いくらかのことを諦めている。俺は智樹や父親に対して反論するのをやめた。おそらく、馬淵は笹井に何も説明していない。けれども、ちゃんと全部を話して、深く結びつくことだけが正しいステップではないのだ。分かり合えないことを前提に置いた友情が、浅はかであるだとか薄っぺらいだとか、冷え切っているとは思わない。劣るものでもない。

『けど皆、色々あるんだろうね、本当は。私たちが知らないだけで』

「隠してるわけじゃなくても、分かんないもんな」

『まあでも、全部を知らなくても、友達ではいられるもんね』

最後にもう一度、馬淵に怪我を負わせたことを謝り、ハーゲンダッツを奢る日を確定させて電話を切った。目をぎゅっと瞑ると、下瞼の縁に残っていた涙が押し出される。口元だけで少し笑い、スマホをポケットに突っ込む。家に向かって歩き出した。

エピローグ

「どう？　美味しい？」

カレーを食べているときにそう聞かれる回数は、金村さんが家に来た回数に等しい。

金村さんはもうずいぶん我が家に馴染んでいた。最初に会ったときの緊張気味な様子は完全に解《ほぐ》れ、日々、朗らかさと親しみが増していく。千夏が笑顔で「おいしい」と答える。

滑らかに流れる時間。和やかな団欒《だんらん》。会話を縫うように横たわる、家庭の安心感。

これまで、母の顔をふと脳裏に浮かべた時描かれていたのは、死に際に浮かべた苦悶の表情だった。それがいつの間にか、穏やかな笑顔に変わっている。

もういいか、と思う。母さん、ごめん。二人とも、ごめん。もう好きにしろよ。

「父さん」

俺が呼びかけると、父がスプーンを置いてこちらを見た。

「何だ？」

「夕飯の後で話があるんだ。ちょっとでいいから、時間ある？」

父は勘付いたのか、それともただ話があると俺が言ったのが意外だったのか、驚いたように軽く目を瞠《みは》った。カレーを再び口に運びながら答える。

「ある」

俺もその返答に安心して、食事を再開する。正面の千夏はおかわりに立ち上がった。

再婚しない、今日で最後だと、学校から帰ってきたときに父に言われたことを思い出す。そのことが改めて確定し、千夏にも告げられる前に、きちんと自分の口で言わなくてはならない。

金村さんが帰り、風呂上がりでのんびりしている父に話しかける。

「父さん」

改まって話すことなんて、きっと今までに一度もなかった。変に緊張して、声が上擦る。

ごめん。まず、そう謝るべきだろうか。金村さんが作るカレー、うまいよな。なんて風に、回り道した会話から始めてもいいだろうか。呼び掛けたはいいが、次のセリフが舌に貼り付いて出てこない。結局、「父さん」とバカみたいにもう一度呼んでしまった。

「何だ」

「……再婚、なんだけど」

まだ言葉が迷子になっていた。その、ええと。そんな迷い言葉さえ頭の中を巡るばかりで音にならない。父親相手にしどろもどろになり、溜息をつかれた。

「もういいから」

「違うんだ。えっと。……俺はもう、気にしてない。だから、再婚、したらいいんじゃないと思う」

散々反対した自分がするべき言い方ではないと分かっていたが、これが精一杯だった。

「陽介、おまえ」

俺が一人で緊張し、一人で焦っているのを真顔で見ていた父が目を細める。

「いつの間にかずいぶん大人になったんだな」

思わず、父の顔を凝視する。渋い面構えでいることの多い父の顔に、慈しみに似た感情が滲んでいて、ふと、父はこんな顔をしていたのか、と思った。これが父の顔か、と。

きっと父が言った『大人になった』というのは、我慢した、という意味ではないのだろう。譲歩したわけではなく、納得したのだと、きっとそれは上手く父にも伝わっているはずだ。ただ、自分の中で、意地になっていた部分がするすると解けて、人を素直に受け入れられるようになったという自覚はあった。

「俺にとってはずっと子供だ。でもこうやって、おまえは大人になっていくんだろうな」

それを言うなら、父はずっと父親だったのだろう。仏頂面の奥に、俺を自分の子供だと認識し、それが大人になったと感じる親らしさがずっとあったのだ。

「ねえもう、大丈夫だから」

智樹に言われたように。馬淵に言ったように。父親にも言ってやる。大丈夫だと。金村さんは、父の最優先事項はいつだって俺と千夏だったと評した。もう十分受け取ったから、そうじゃなくていい。もう大丈夫だから。

「好きに生きてよ。再婚、したければすればいいと思う」

父は長い、長い息を吐く。皺が見えるようになってきた自分の手の甲に視線を落として呟いた。

「大きくなったもんだ」

何か足りない。カレーを食べるたびに思っていた。チョコレート、すりおろしたリンゴ、中濃ソース。金村さんは他にも色々と試したみたいだ。いや、試させてしまった。だが、足りなかったのは隠し味じゃない。あの大雑把な母が、面倒なひと手間を加えるわけがない。

カレーに足りなかったのは、きっと納得だったのだろう。母の死に対する納得。再婚に対する納得。咀嚼できていなかったいくつものことが喉に痞えていて、カレーの味の感じ方に物足りなさを与えていた。

わだかまって割り切れていなかった感情に、後悔やら罪悪感やら名前が付いて、その複雑な濁りを納得が押し流していく。母さんのカレーの味と、金村さんのカレーの味。智樹が歌った歌と、馬淵が掛けてくれた言葉。目を瞑ればその全てが一気に蘇る気がして、瞼を閉じ五感を研ぎ澄ませる。けれど過去のものであるそれらはすでに遠く、何ら摑むことができない。それは、未来へ向かうよう、過去に背中を押されているかのようだった。

本書は書き下ろしです。

この物語はフィクションであり、
実在の人物・団体とは一切関係ありません。

朝霧 咲（あさぎり・さく）
2004年愛知県生まれ。2023年「いつかただの思い出になる」で第17回小説現代長編新人賞を受賞し、同作を改稿・改題した『どうしようもなく辛かったよ』でデビュー。受賞時高校3年生。その後受験を経て現在京都大学に通う。

声《こえ》に出《だ》せずに叫《さけ》んでる

2025年2月10日　第一刷発行

著者　朝霧《あさぎり》 咲《さく》
発行者　篠木和久
発行所　株式会社講談社
〒112-8001　東京都文京区音羽2-12-21
電話　編集　03-5395-3505
販売　03-5395-5817
業務　03-5395-3615

本文データ制作　講談社デジタル製作
印刷所　株式会社KPSプロダクツ
製本所　株式会社国宝社

N.D.C.913 254p 19cm ISBN 978-4-06-537907-3

KODANSHA